HAA...
OUTCH !
NE TE LAISSE PAS ALLER COMME ÇA !
BEN OUI, MAIS...
CHAPITRE 7
JE N'ARRIVE PLUS À GÉRER CES FLOTS DE NOUVELLES QUÊTES DE GOBELINS QUI NOUS PARVIENNENT
BLOM
POURQUOI ? IL N'Y EN A NI PLUS NI MOINS QUE D'HABITUDE, NON ?
CERTES... EFFECTIVE-MENT...
PEUH

TU N'AS QU'À LES CONFIER AUX DÉBUTANTS ?
JE SAIS...
MAIS RIEN NE DIT QU'ILS Y ARRIVERONT
DOM
C'EST LEUR PROBLÈME !
CERTES, J'EXAGÈRE, MAIS CE QUE JE VEUX DIRE, C'EST QUE C'EST À EUX D'EN JUGER
OUI...
NOUS RÉCUPÉRONS LES QUÊTES, LES PROPOSONS AUX AVENTURIERS ET LORSQU'ILS RÉUSSISSENT, CELA NOUS PERMET D'AVOIR PLUS CONFIANCE EN EUX ET DE LEUR ATTRIBUER DES RÉCOMPENSES EN CONSÉQUENCE
N'EST-CE PAS ?
OUI...
DANS CE CAS, TOUT VA BIEN
POF
J'AI UNE DEMANDE D'EXTERMINATION DE GOBELINS DE LA PART D'UN TOUT JEUNE VILLAGE EXPLOITANT DE NOUVELLES TERRES ARABLES...
LA RÉCOMPENSE QU'ILS FOURNISSENT EST LIMITE, LIMITE...
MIS À PART DES DÉBUTANTS, JE NE VOIS PAS QUI ACCEPTERAIT ÇA

GOBLIN SLAYER
YEAR ONE
Scénario : Kumo Kagyu
Manga : Kento Sakaeda
Design des personnages : Shingo Adachi & Noboru Kannatuki
2

GOBLIN SLAYER
YEAR ONE
VOLUME 2

SOMMAIRE

SI UN GROUPE DE NOUVEAUX AVENTURIERS RÉUSSIT CETTE MISSION, TANT MIEUX
ET QUAND BIEN MÊME CE SERAIT UN ÉCHEC, IL SUFFIRAIT D'EN ENVOYER UN DEUXIÈME, VOIRE UN TROISIÈME ET ON FINIRAIT PAR ANNIHILER CETTE MENACE
AU FINAL, LEUR NIVEAU DE COMPÉTENCE EST DE LEUR RESPONSABILITÉ ET NON DE LA NÔTRE
JE PEUX COMPRENDRE QU'IL NOUS SOIT IMPOSSIBLE DE FAVORISER TEL GROUPE AU DÉTRIMENT DE TEL AUTRE...
MAIS CELA ME DONNE L'IMPRESSION D'ENVOYER MES PROPRES ENFANTS À L'ABATTOIR...
HAA...
JE ME DEMANDE SI JE NE ME SUIS PAS TROMPÉE DE TRAVAIL...
DIS, T'AURAIS PAS UNE OU DEUX MISSIONS DE TROLLS EN STOCK ?
EN SE DÉBROUILLANT BIEN, ON ARRIVE À GAGNER UN PAQUET D'OR AVEC EUX
DÉSOLÉ, JE N'EN AI AUCUNE À VOUS PROPOSER...
EUH...
PAR CONTRE, J'AI DU GOBE-LIN... !
ÇA RAPPORTE TROP PEU ET C'EST CHIANT
PROPOSE PLUTÔT ÇA AUX DÉBUTANTS DE RANG PORCELAINE
JE M'EN DOUTAIS...
EXCUSEZ-M...
DES GOBELINS ?

HUMPF
BIEN...
DANS CE CAS, JE M'EN OCCUPE À SA PLACE
EUH...
OUI
FLAP
ÇA PARLE DE GOBELINS, ICI ?
AH, ENCORE TOI, LE PORCELAINE
TU N'AVAIS PAS AUSSI ACCEPTÉ UNE MISSION DE GOBELINS, L'AUTRE JOUR ?
SI
EFFECTIVE-MENT
AH, DANS CE CAS, TU TOMBES BIEN ! MOI, JE PRÉFÈRE M'OCCUPER DE ÇA : LA QUÊTE D'ANÉANTISSEMENT D'UN MAGICIEN DE LA MONTAGNE DE LA COURONNE DE FEU
AH OUI !
FAITES ATTENTION À VOUS, C'EST APPAREMMENT UN DONJON SOUTERRAIN
Aux débutants les gobelins et autres souris géantes !

ET DONC, CES GOBELINS ?
OUAH !
FLAP FLAP
FAUT SOURIRE !
C'ÉTAIENT PAS DES GOBELINS ?
HEIN ? SI, SI...
C'EN SONT BIEN
J'EN AI PLUSIEURS À VOUS PROPOSER, D'AILLEURS
AH, C'ÉTAIT DONC BIEN ÇA
CET HOMME EST ÉTRANGE
J'AI RENCONTRÉ TOUTES SORTES D'AVENTURIERS DURANT MON STAGE À LA CAPITALE OU DEPUIS MA PRISE DE POSTE DANS CETTE VILLE...
MAIS JE N'EN AI JAMAIS RENCONTRÉ UN PAREIL...

HEM... DONC, LA PREMIÈRE QUÊTE
C'EST UN CAS DE GOBELINS AYANT VOLÉ LE BÉTAIL D'UN VILLAGE... ET BLESSÉ LE JEUNE BOUVIER...
JE M'EN OCCUPE
GYOUH
ILS ÉTAIENT DEUX OU TROIS
EUH...
ET LES DÉTAILS DE LA RÉCOMPENSE, ÇA NE VOUS INTÉRESSE PAS ?
AH OUI...
VOUS DEVRIEZ ÉCOUTER JUSQU'À LA FIN, NE SERAIT-CE QUE PAR RESPECT POUR MON TRAVAIL...
AH BON ?
CONFIANCE ET CONSIDÉRATION
C'EST UN TRAVAIL, AU CAS OÙ VOUS L'AURIEZ OUBLIÉ
PUISQUE L'ON VOUS PAIE POUR CES MISSIONS, VOUS DEVEZ LES ACCOMPLIR AVEC SÉRIEUX
BIEN SÛR
ET PUIS, SANS SALAIRE, COMMENT FERIEZ-VOUS POUR VOUS LOUER UN TOIT, ACHETER DES VIVRES OU DES ÉQUIPEMENTS ?
HUMPF

BIEN, J'ÉCOUTE
CET AVENTURIER N'ACCEPTE QUE DES MISSIONS CONCERNANT DES GOBELINS
EST-CE PARCE QU'IL EST ENCORE DÉBUTANT ?
EN TOUT CAS, IL M'ENLÈVE DE BELLES ÉPINES DU PIED
MÊME SI JE SUPPOSE QU'UNE FOIS QU'IL AURA ENGRANGÉ DE L'EXPÉRIENCE, IL CHOISIRA D'AFFRONTER D'AUTRES TYPES DE MONSTRES...
MAIS BON...
C'EST AINSI QUE LES CHOSES SONT FAITES
ENCORE MERCI POUR VOTRE DÉVOUEMENT !
?!
J'AI TENDANCE À PENSER QUE CE JEUNE HOMME N'EST PAS AUSSI MÉCHANT QU'IL EN A L'AIR

HÉ ! IL S'EST ENFUI PAR LÀ !
DAM
DAM
VITE ! IL S'ÉCHAPPE !
DAAH
ON AURAIT PLUS DE FACILITÉS EN L'ENCERCLANT !
NE VOUS DÉCONCENTREZ SURTOUT PAS !
GOBELIN OU NON, CELA RESTE UN MONSTRE !

TCHAC
GOROBAG
ON SAIT !
TAP
TAP
IL Y EN A ENCORE UN AUTRE !
Gnome !
Ondine !
SPLASH
Confectionnez-lui un somptueux matelas !
SPLORTCH

VLAM
Bourbier !
PARFAIT
ADIEU !
SLORTCH
AVEC ÇA, ON EN A BUTÉ TOUS LES DEUX LE MÊME NOMBRE !
PEUH ! TU VERRAS LA PROCHAINE FOIS QUI VA GAGNER !

BON, AUCUN DE NOUS NE SEMBLE BLESSÉ, APPAREM-MENT
PFIOU
JE PRÉFÈRE ÇA
ET VOUS, DE VOTRE CÔTÉ ?
AUCUN PROBLÈME À SIGNALER
SLORTCH

UN ICI
SCRATCH
UN AUTRE LÀ-BAS...
ÇA EN FAIT TROIS EN TOUT
OUI, ET MÊME SI L'ON N'A RÉCUPÉRÉ AUCUN LÉGUME, ON A AU MOINS RETROUVÉ LE PETIT AGNEAU VIVANT
TANT MIEUX !
N'EST-CE PAS ?
OH OUI !
ON S'EST BIEN DÉBROUILLÉS !
FRANCHEMENT...
COMMENT PEUT-IL SE PLAINDRE EN ÉTANT AUSSI BIEN LOTI ?
BÊÊÊ
AUSSI BIEN LOTI ?
BOING

ROOH !
MAIS BON, FALLAIT PAS S'ATTENDRE À PLUS DIFFICILE DE LA PART DE MISÉRABLES GOBELINS
TU PENSES ?
POF
SOUH
ILS N'ONT PAS L'AIR D'AVOIR DE NID
OUI, LEUR ÉTAT DE MAIGREUR ME FAIT DIRE QU'ILS DEVAIENT AVOIR BEAUCOUP DE MAL À SE NOURRIR
CELA DEVAIT ÊTRE DES VAGABONDS
DES « VAGABONDS » ?
UN PEU COMME DES OURS N'AYANT PAS DE GROTTE OÙ HIBERNER. LES VAGABONDS, EUX, ONT ÉTÉ REJETÉS DE LEUR NID
IL EN EXISTE D'AUTRES SORTES ?
PEUT-ÊTRE...
JE NE SUIS MALHEUREU-SEMENT PAS UN EXPERT EN GOBELINS
AH BON

POF
BAH, CES QUÊTES D'EXTERMINATION DE GOBELINS ON LES FAIT AVANT TOUT POUR GAGNER DE QUOI AMÉLIORER NOTRE ÉQUIPEMENT
NOTRE PROCHAINE MISSION À NOUS SERA SÛREMENT PLUS DIFFICILE
ENCORE DES GOBELINS ?
OH NON !
C'EST UNE DEMANDE D'EXPLO-RATION DE MINE
IL PARAÎT QUE SON PROPRIÉTAIRE N'ARRIVE PLUS À L'EXPLOITER
PROBA-BLEMENT À CAUSE DE MONSTRES PRÉSENTS AU FOND DE LA MINE
EN TOUT CAS, JE NE M'ATTENDAIS PAS À ME RETROUVER EN COMPAGNIE D'UN AUTRE AVENTURIER SUR CETTE MISSION
C'EST SÛREMENT LE DESTIN
PAF
PAF
D'AILLEURS, ON S'EST ENREGISTRÉS À LA GUILDE LE MÊME JOUR, TOUS LES DEUX
TAP
TAP
DIS-MOI...
TU AGIS EN SOLO TOI, NON ?
OUAAAH
ÇA TE DIT DE NOUS REJOINDRE ?
NON
TCHAC

BLAM
ZAAH
GOOOWOO
!!
HII

TCHAC
UN GOBELIN !
VLAM
TSS !
IL FAISAIT JUSTE SEMBLANT D'ÊTRE MORT, CELUI-LÀ ?!

ZOUH
CLAP
CLAP
GYOUH
SPLORTCH

SHARK
SHARK
SHARTCH

KYAAH !
SLORTCH
SLORTCH
SLORTCH
MAIS QUE FAITES-VOUS DONC, MESSIRE ?
J'APPRENDS
SPLORTCH
CAR MOI NON PLUS, JE N'Y CONNAIS PAS ENCORE GRAND-CHOSE EN GOBELINS
SHLARK
SHLARK
SPLORTCH
SPLORTCH
VLORTCH

BROUHA BROUHA
BLA...
VLOF
OUAH... VOICI DONC CELUI DONT TOUT LE MONDE PARLE...
IL EN FAUT DU COURAGE POUR PARTIR TUER DES GOBELINS SEUL, COMME LUI...
C'EST DONC LUI QUI AURAIT DÉMEMBRÉ UN GOBELIN ? PEUT-ÊTRE POUR EN VENDRE LES ORGANES, QUI SAIT
OUAIS ENFIN, ÇA FAIT DÉJÀ DEUX OU TROIS FOIS. IL VA PEUT-ÊTRE FALLOIR QU'IL PASSE À AUTRE CHOSE, MAINTENANT ?

MAIS S'IL CUMULE LA FONCTION D'ÉCLAIREUR OU DE RÔDEUR EN PLUS DE CELLE DE GUERRIER, ÇA PEUT PEUT-ÊTRE VALOIR LE COUP DE L'ENGAGER AVEC NOUS, NON ?
NON MERCI. JE DÉTESTERAIS QU'IL SE METTE À ARRACHER DEVANT MOI LES ENTRAILLES DE TOUS LES MONSTRES QUI LUI PASSENT SOUS LE NEZ
MAIS D'AILLEURS, EST-IL VRAIMENT HUMAIN ? ÇA POURRAIT TOUT AUSSI BIEN ÊTRE UN RHÉA, NON ?
ON NE SAIT À VRAI DIRE MÊME PAS S'IL S'AGIT D'UN HOMME OU D'UNE FEMME
NON, QUAND MÊME PAS. MOI, JE TE PARIE QUE C'EST UN HOMME
OK, JE PRENDS LE PARI
BIEN
ALLONS FAIRE NOTRE RAPPORT À NOTRE JOLIE PETITE HÔT...
ZOUH
GYAAH !
ZAAH
SOUH
TCHAC
ZAAH

HEUREUX DE VOUS REVOIR !
COMMENT S'EST DÉROULÉE VOTRE MISSION ?
ZOM
J'AI BIEN RENCONTRÉ DES GOBELINS
HEM... J'AI TOUJOURS CETTE IMPRESSION DE PARLER À UN MORT-VIVANT
HA HA
...
...
EUH...
ZOM
QU... QU'EST-CE QUE JE DOIS FAIRE, DÉJÀ ?
SCRUTE
OUAH... QUEL MONDE FOU ELLE A...
MAIS ALORS... ÇA VEUT DIRE QUE...

ILS...
L'ESQUIVENT TOUS ?
BREF, CONTENTONS-NOUS DE REMPLIR LES CASES VIDES DE MON FICHIER
C... COMBIEN EN AVEZ-VOUS TUÉ ?
TROIS
AUCUN D'EUX N'AVAIT D'ARME
DONC TROIS NON-ARMÉS...
CELA CORRESPOND À LA DESCRIPTION DU CLIENT
SILENCE...
QU... QUELLE PRESSION !
COMMENT LES AVEZ-VOUS ÉLIMINÉS ?

BLA BLA
LES MEMBRES...
D'UN AUTRE GROUPE D'AVENTURIERS QUI ÉTAIENT SUR CETTE MÊME MISSION...
EN ONT TUÉ DEUX, ET MOI UN SEUL
M... MAIS ENCORE ?
ENCORE QUOI ?
JE NE SAIS PAS, QUELQUE CHOSE D'INHABITUEL QUE VOUS AURIEZ REMARQUÉ ET QUE VOUS AURIEZ FAIT...
...
J'AI ATTENDU SUR PLACE TOUTE UNE NUIT, MAIS PAS LE MOINDRE RENFORT DE GOBELINS NE S'EST MANIFESTÉ
...
AH, ET LE MOINE DU GROUPE D'AVENTURIERS A ÉGALEMENT AFFIRMÉ... QU'IL POUVAIT ÉVENTUELLEMENT S'AGIR DE « VAGABONDS »...
DES GOBELINS AYANT ÉTÉ CHASSÉS DE LEUR NID
JE VOIS...
OUI, CET HOMME NE SEMBLE PAS TRÈS BAVARD AU PREMIER ABORD...
MAIS QUAND...

ON PREND LA PEINE DE CREUSER UN PEU, IL RÉPOND STUDIEUSEMENT
ALORS, JE RE-PRENDS
LORSQUE VOUS ÊTES PARVENU SUR LE LIEU DE LA QUÊTE, VOUS AVEZ CROISÉ LA ROUTE DE TROIS GOBELINS...
EXACT
DE PLUS, IL NOUS REVIENT VIVANT
IL EST TRÈS SÉRIEUX ET APPLIQUÉ QUAND IL S'AGIT DE TRAVAIL
SUR PLACE, UN AUTRE GROUPE D'AVENTURIERS PRÉSENTS POUR CETTE MISSION VOUS A AIDÉ À TUER LES TROIS GOBELINS, ET IL N'Y A EU AUCUN RENFORT À SIGNALER
VOILÀ
VOTRE MISSION EST ACCOMPLIE
BON TRAVAIL !
COMME JE VOUS L'AVAIS DIT LA DERNIÈRE FOIS...
TCHAC
SI VOUS ÉCOUTEZ BIEN LE CONTENU DE LA QUÊTE... ET QUE VOUS L'EXÉCUTEZ COMME IL FAUT...
VOUS RECEVEZ UNE RÉCOMPENSE À LA FIN
GYOUH

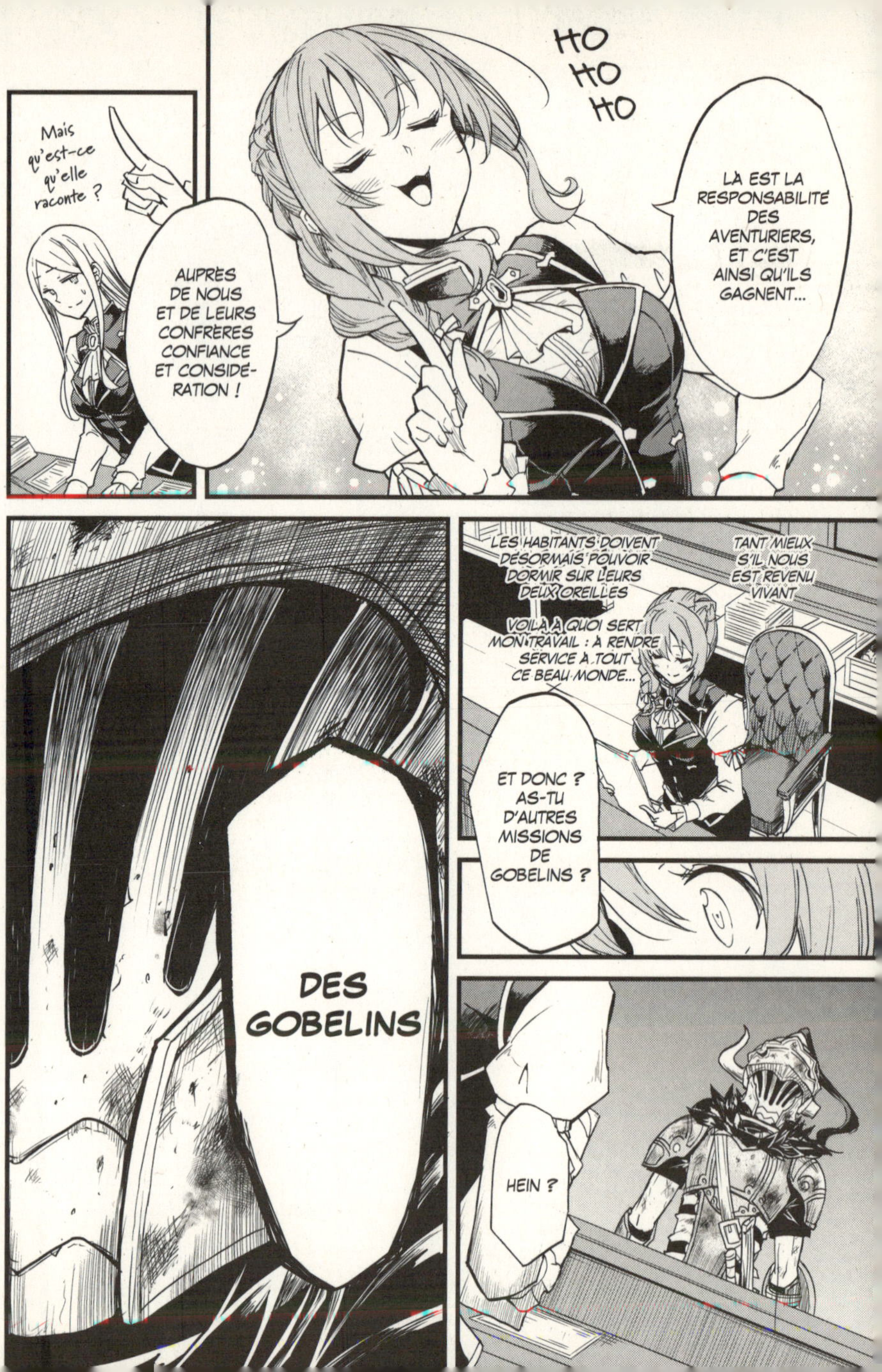
HO HO HO
LÀ EST LA RESPONSABILITÉ DES AVENTURIERS, ET C'EST AINSI QU'ILS GAGNENT...
AUPRÈS DE NOUS ET DE LEURS CONFRÈRES CONFIANCE ET CONSIDÉRATION !
Mais qu'est-ce qu'elle raconte ?
TANT MIEUX S'IL NOUS EST REVENU VIVANT
LES HABITANTS DOIVENT DÉSORMAIS POUVOIR DORMIR SUR LEURS DEUX OREILLES
VOILÀ À QUOI SERT MON TRAVAIL : À RENDRE SERVICE À TOUT CE BEAU MONDE...
ET DONC ? AS-TU D'AUTRES MISSIONS DE GOBELINS ?
HEIN ?
DES GOBELINS

BLA...
BLA...
DES...
GOBELINS ?
OUI
JE PROMETS BIEN SÛR DE RÉCUPÉRER MA RÉCOMPENSE À LA FIN...
LES AVENTURIERS DÉBUTANTS QUI S'EN VONT À LA CHASSE AUX GOBELINS...
LES CIVILS QUI NOUS PROPOSENT DE NOUVELLES QUÊTES D'EXTERMINATION DE GOBELINS
CEUX QUE NOUS NE VOYONS JAMAIS REVENIR...
CEUX QUI REFUSENT CES QUÊTES...
ET ENFIN CEUX QUI LES ACCEPTENT...
ET QUI EN REVIENNENT SAINS ET SAUFS

PFFF
BIEN SÛR, J'EN AI PLUSIEURS
JE N'AI PAS DE RAISON DE NE PAS ACCÉDER AUX DEMANDES DES AVENTURIERS...
SMILE
MAIS FAITES-MOI LE PLAISIR LA PROCHAINE FOIS DE ME RACONTER TOUS LES DÉTAILS DE VOS MISSIONS DE VOTRE PROPRE INITIATIVE, OK ?
HUMPF...
PAR EXEMPLE, CETTE HISTOIRE DE GOBELIN DÉMEMBRÉ
JE L'AI FAIT, ET ALORS ?
MAIS VU QUE J'AI L'IMPRESSION D'ÊTRE MENÉE EN BATEAU PAR CET AVENTURIER DONT IL EST IMPOSSIBLE DE DEVINER CE QU'IL PENSE...
ZOUM
LA PROCHAINE FOIS, RÉFLÉCHISSEZ À DEUX FOIS AVANT DE FAIRE QUOI QUE CE SOIT POUVANT PROVOQUER UN MALHEUREUX MALENTENDU CHEZ VOS SEMBLABLES, VOULEZ-VOUS ?
IL ME PARDONNERA MES QUELQUES RÉPRIMANDES, J'ESPÈRE ?
HUMPF
IL EST GÊNÉ ?
MAIS D'AILLEURS, POURQUOI AVEZ-VOUS FAIT ÇA ?
POUR ÉTUDIER
ÉTUDIER QUOI ?
LE CORPS DES GOBELINS

GOBELINS,
GOBELINS,
GOBELINS...
HUM
IL NE PENSE QU'À ÇA...
ÉVITEZ CE GENRE DE CHOSES...
TOUT DU MOINS TOUT CE QUI POURRAIT ÊTRE MAL INTERPRÉTÉ PAR VOS COMPAGNONS
JE SUPPOSE QUE VOUS COMPRENEZ OÙ JE VEUX EN VENIR
PFF

OOH
IL FAIT MOITE...
ÇA PUE...
JE VEUX VITE RENTRER...
ÇA NE DEVRAIT PAS NOUS PRENDRE TROP DE TEMPS... VU QU'UN AUTRE GROUPE EST SUR CETTE MISSION
OUI... ON RENTRERA DÈS QU'ON SE SERA DÉBARRASSÉ DE TOUS LES BLOBS

MAIS IL ME SERA DIFFICILE DE FAIRE USAGE DE MON ARC DANS CES TUNNELS
J'ESPÈRE QUE JE NE SERAI PAS TROP UN BOULET POUR VOUS
MAIS NON. ARC OU PAS, TU ES TOUJOURS CAPABLE DE PARLER AVEC LES ESPRITS
OUI, TU NOUS SERAS D'UNE GRANDE AIDE
ET PUIS...
QUOI QU'IL ARRIVE, SACHE QU'ON EST LÀ POUR TE PROTÉGER AU CAS OÙ
NE TE FAIS PAS DE SOUCIS
MERCI !
JE TÂCHERAI DE FAIRE DE MON MIEUX !

ATTENTION, OUVRONS BIEN L'ŒIL, QUAND MÊME
CES BLOBS SONT RÉPUTÉS...
ATTAQUER PAR SURPRISE DEPUIS LES HAUTEURS
FLORTCH
PLOTCH
HI!
SOUH
HYAAH !
PSHHH
HA HA ! ALORS ? T'AS VU ÇA ?
JE T'AVAIS DIT QUE JE TE PROT...

CLANG
ÉTRANGE ...
ELLE ÉTAIT ENCORE AVEC NOUS À L'INSTANT
ELLE N'ESSAIERAIT PAS DE NOUS FAIRE PEUR, J'ESPÈRE ?
C'EST PAS GENTIL DE NOUS FAIRE ÇA !
JE NE TE PROTÉGERAI PLUS SI TU....
ZOM
UNE BOTTE ?
MAIS C'EST LA SIENNE...
ELLE EST TOMBÉE ? QU'Y A-T-IL LÀ-HAUT ?
PLATCH

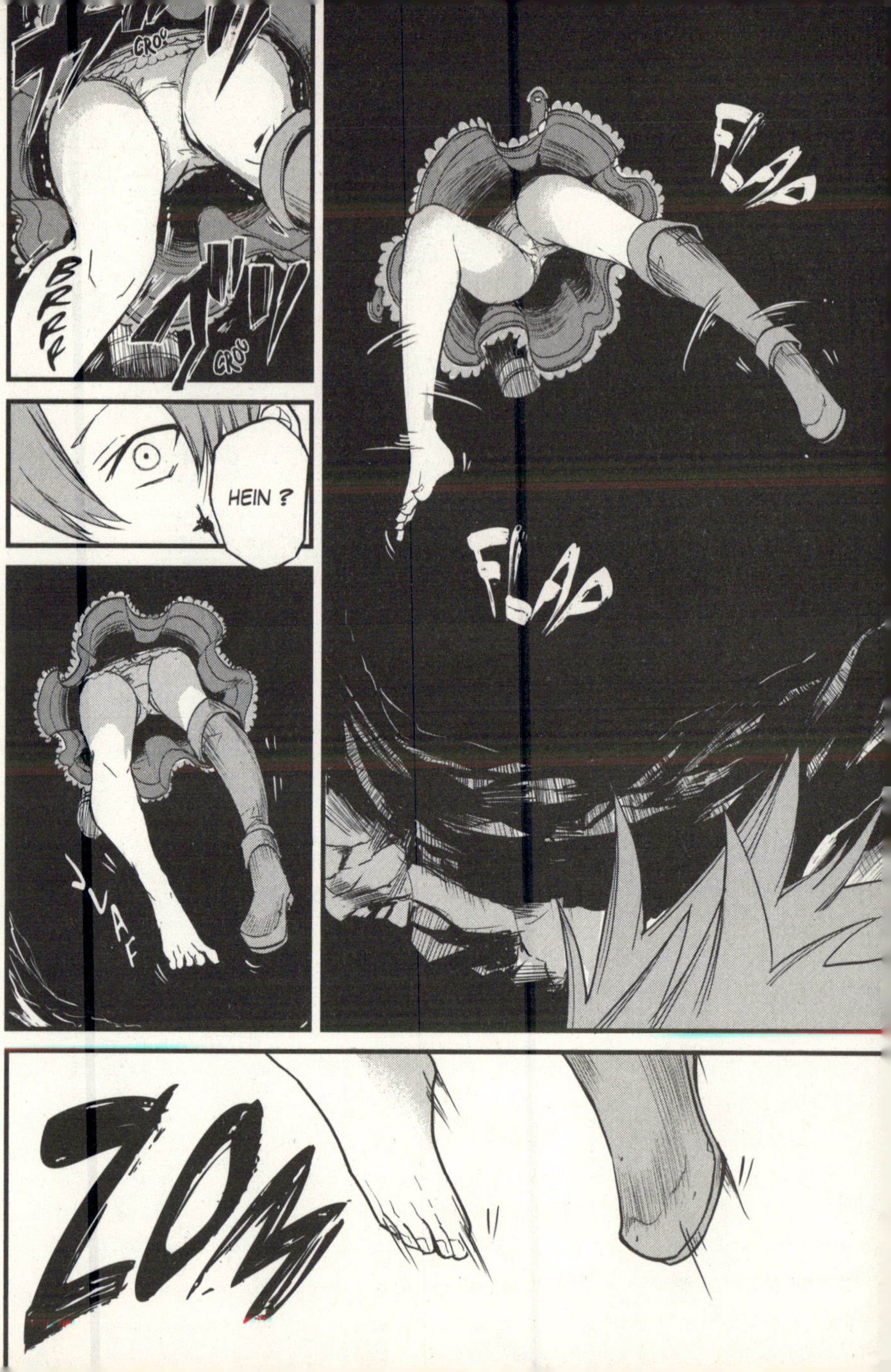
FLAP
FLAP
CROC
BRRR
CROC
HEIN ?
JVAF
ZOM

CROC CROC
ELLE EST MORTE ?
ZOUH ZOUH ZOUH ZOUH
MORTE...
MORTE ?
ET MERDE ! MAIS QU'EST-CE QUI SE PASSE ?
JE NE SAIS PAS TROP...
MAIS, À MON AVIS...
C'EST PROBA-BLEMENT...
SPLOTCH
SLORTCH
SPLOTCH

UN DÉVOREUR DE ROCHES !!

SLORTCH
CROC

GOBLIN SLAYER YEAR ONE

CROU
SLORTCH
OUOOOOOH
UN DÉVOREUR DE ROCHES !
MAIS QU'EST-CE QUE ÇA FAIT ICI ?

CHAPITRE 8

PFF
PFF
PFF
PFF
ARRÊTE !
ON NE PEUT RIEN CONTRE UN SPÉCIMEN PAREIL !
CROC
CROC

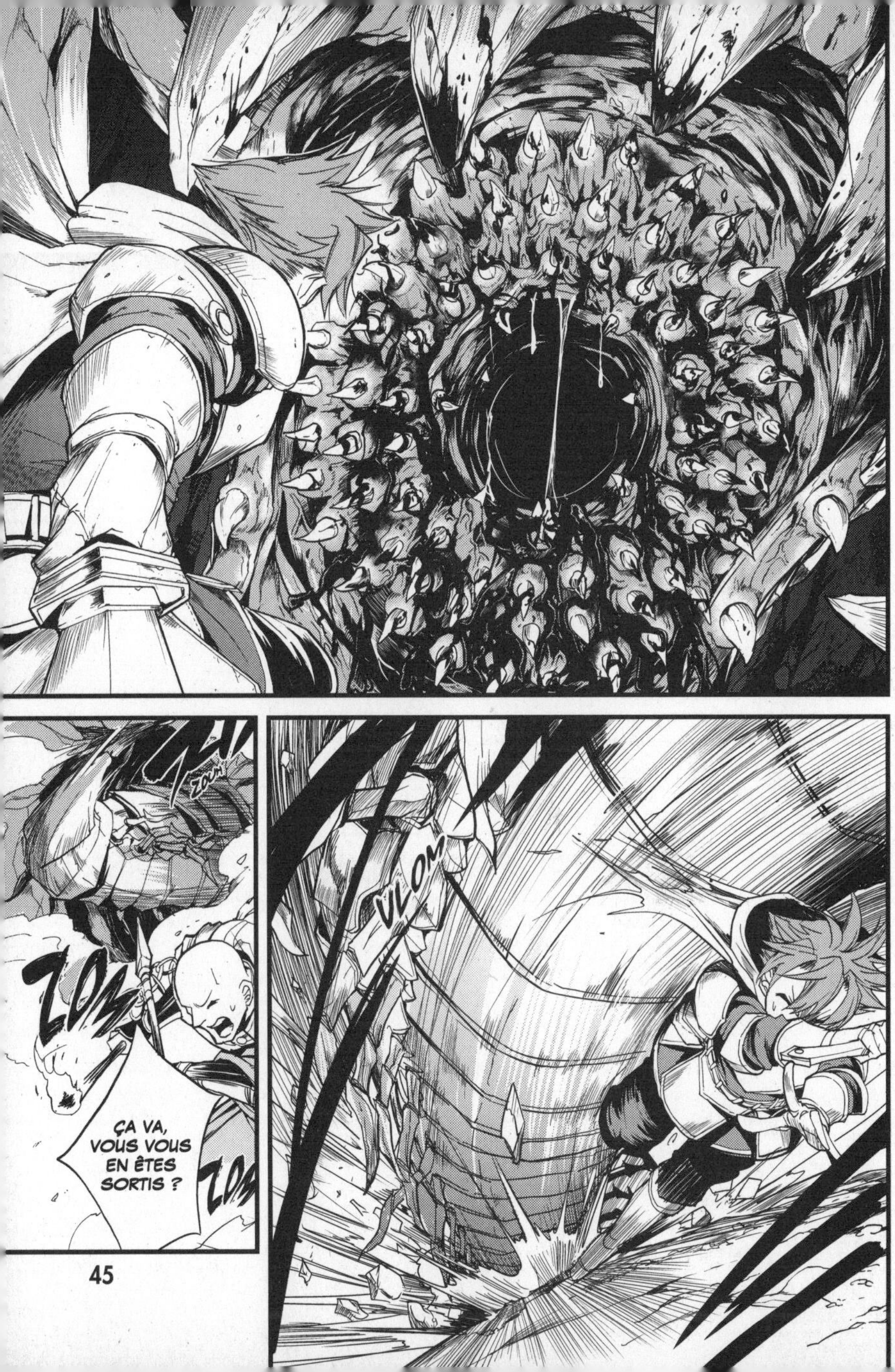
VLOM
ZOUM
ZOM
ÇA VA, VOUS VOUS EN ÊTES SORTIS ?
ZOM

RAAAAAH
MON BRAS !
MON BRAAAAS !!
C'EST PAS VRAI !
GROOH
APPUYEZ-VOUS SUR MOI !
ESSAYEZ DE NE PAS PERDRE CONSCIENCE !
NOUS DEVONS VITE SORTIR D'ICI !
PROFITONS DU FAIT QUE LE DÉVOREUR SE SOIT ENFONCÉ DANS LA ROCHE

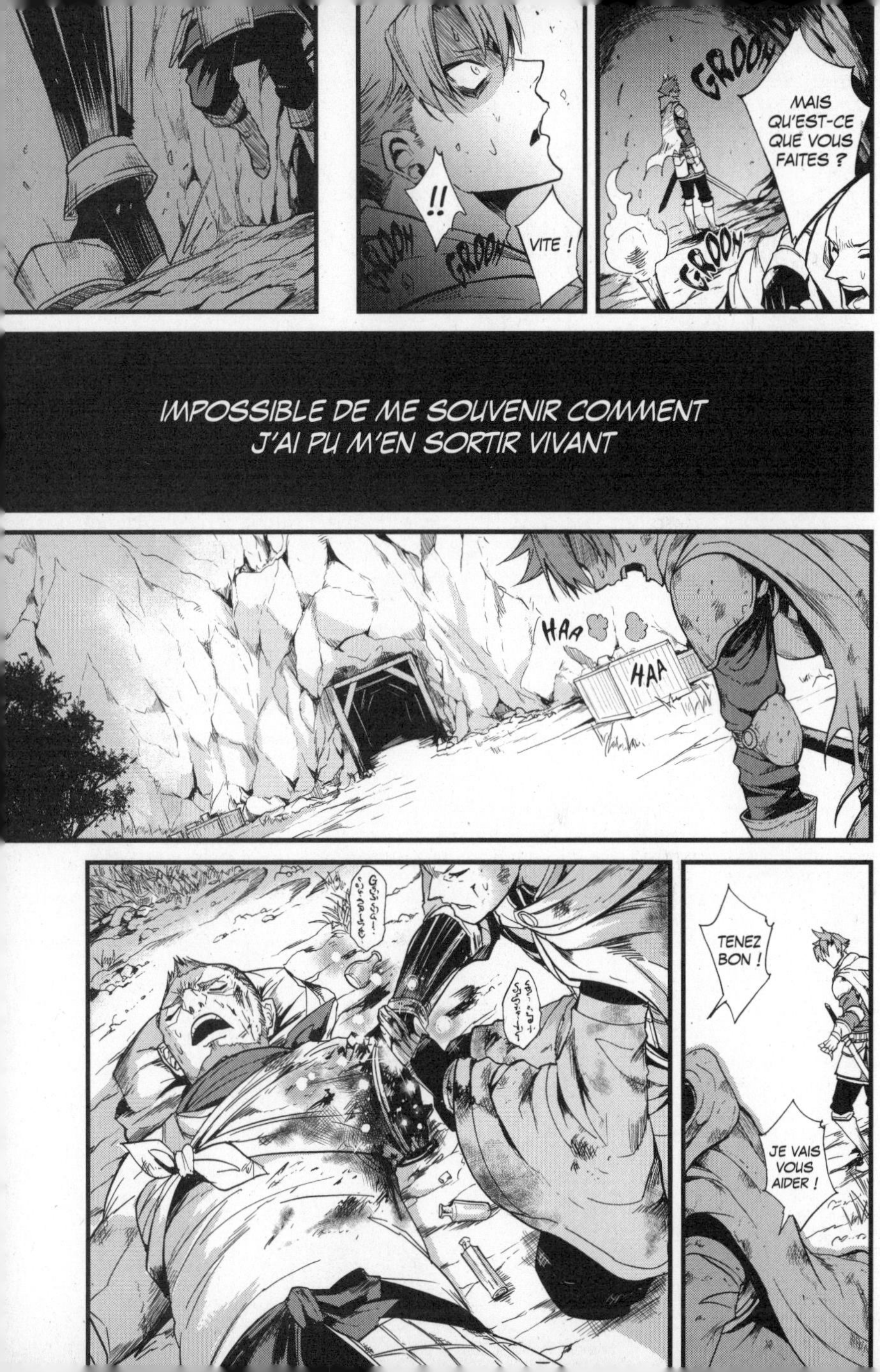

GROOH
MAIS QU'EST-CE QUE VOUS FAITES ?
GROOH
VITE !
!!
GROOH
GROOH
IMPOSSIBLE DE ME SOUVENIR COMMENT J'AI PU M'EN SORTIR VIVANT
HAA
HAA
TENEZ BON !
JE VAIS VOUS AIDER !

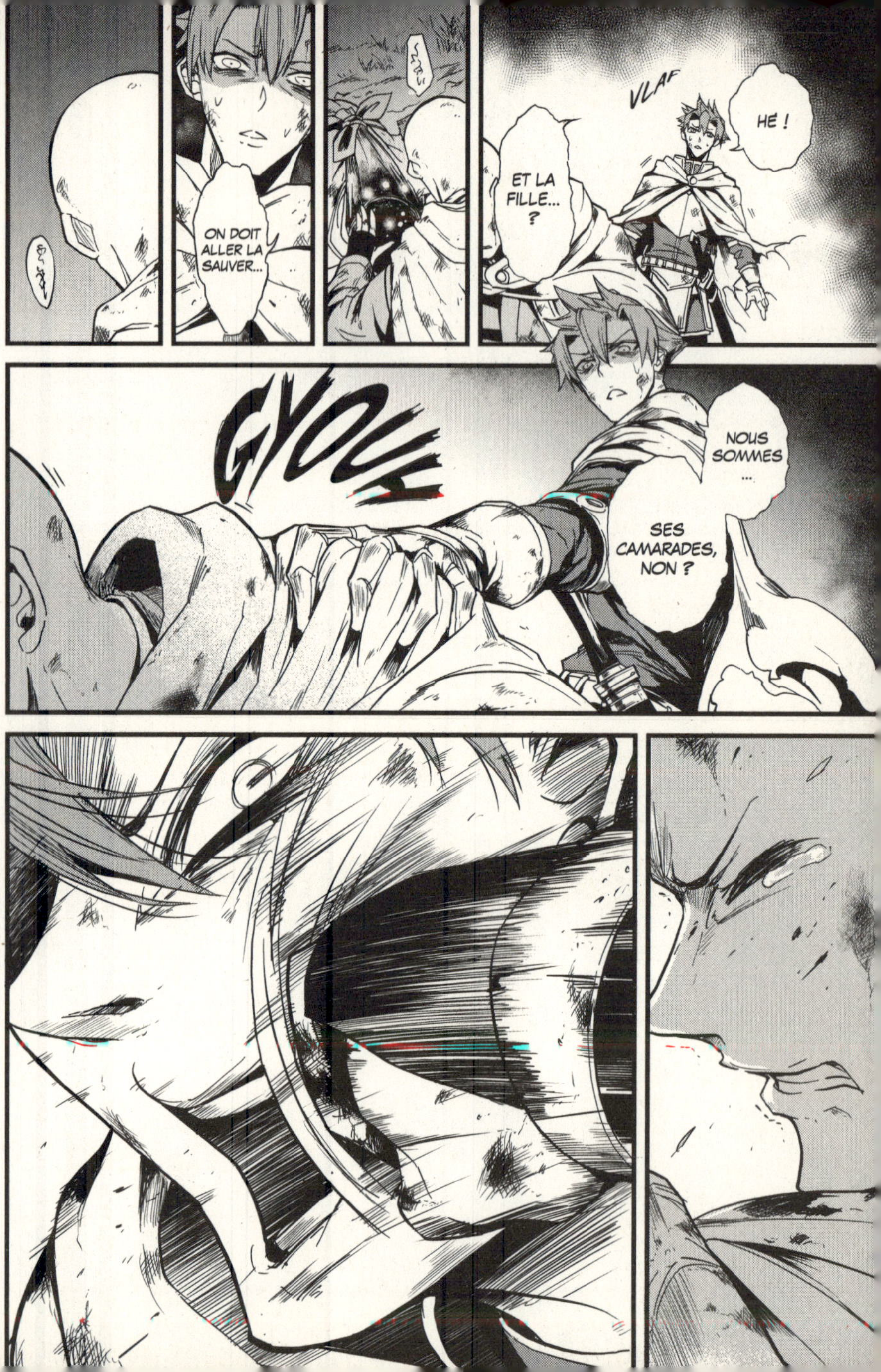

HÉ !
VLAF
ET LA FILLE... ?
ON DOIT ALLER LA SAUVER...
GYOU
NOUS SOMMES ...
SES CAMARADES, NON ?

BLAM
AAH
POF
UN COLLIER... SERAIT-CE CELUI DE LA FILLE ?
QUE FAIT-IL ICI ?
RETROUVEZ VOS ESPRITS !
VOUS L'AVEZ OBSERVÉ DE VOS YEUX, NON ?
ELLE EST...
MORTE ! DÉFINITIVEMENT !

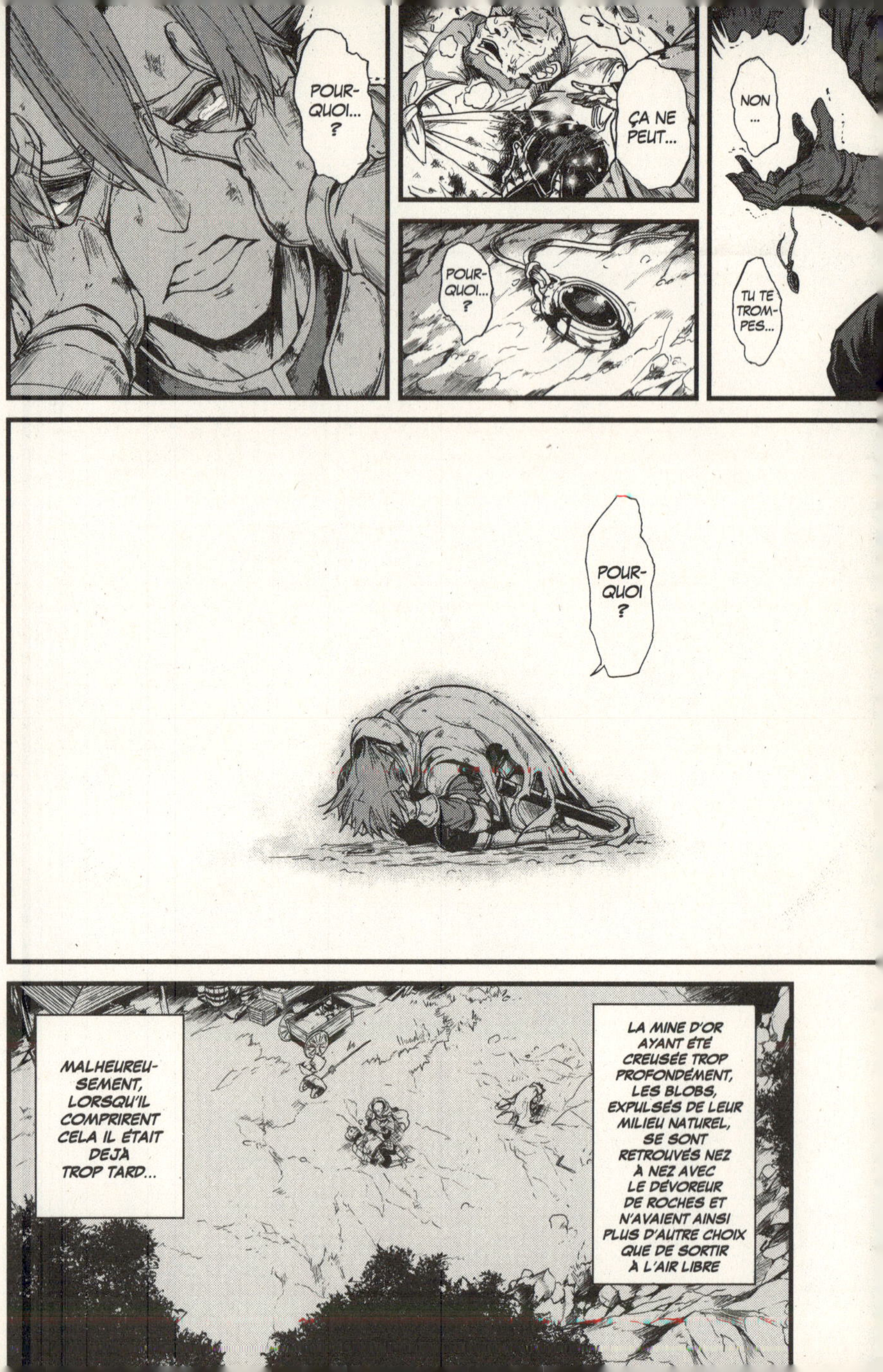
NON ...
TU TE TROMPES...
ÇA NE PEUT...
POURQUOI... ?
POURQUOI... ?
POURQUOI ?
LA MINE D'OR AYANT ÉTÉ CREUSÉE TROP PROFONDÉMENT, LES BLOBS, EXPULSÉS DE LEUR MILIEU NATUREL, SE SONT RETROUVÉS NEZ À NEZ AVEC LE DÉVOREUR DE ROCHES ET N'AVAIENT AINSI PLUS D'AUTRE CHOIX QUE DE SORTIR À L'AIR LIBRE
MALHEUREUSEMENT, LORSQU'IL COMPRIRENT CELA IL ÉTAIT DEJÀ TROP TARD...

SOUF
HAAA
C... C'EST PARTI...

BONJOUR !
IL EST L'HEURE DE SE LEVER !
...
SILENCE...
IL EST DÉJÀ REPARTI ?
HUM
J'AI POURTANT TANT DE CHOSE À LUI DIRE
ÇA ME DONNE L'IMPRESSION DE SIMPLEMENT HÉBERGER UN LOCATAIRE...
POF
ILS SONT SI OCCUPÉS QUE ÇA, LES AVENTURIERS ?
QU'EN SAIS-JE ?
CELA FAIT CINQ ANS QUE JE VIS À PROXIMITÉ D'UNE VILLE ABRITANT UNE GUILDE DES AVENTURIERS ET JE NE SAIS ABSOLUMENT RIEN D'EUX
C'EST PARCE QUE JE N'AI JAMAIS PRIS LA PEINE DE SORTIR D'ICI

CLAM
DAM
DAM
TU ES BIEN MATINALE, DIS DONC
MON ONCLE
EST-CE QUE TU AS UNE LIVRAISON DE PRÉVUE, EN VILLE ?
POURQUOI ?
EUH OUI, C'EST LE CAS

POURQUOI ?
BROUHA
BROUHA
OUAAH !!
DES ELFES ?
QU'EST-CE QU'ELLES SONT BELLES !
INCROYABLE
IL Y A TANT DE GENS SI DIFFÉRENTS...

SUR CE, JE PARS FAIRE MA LIVRAISON. RESTE BIEN SAGE DANS LE COIN
EUH... O... OUI
PAS DE PROBLÈME !
ROULE ROULE
DOM
SCRUTE
SCRUTE
...
SCRUTE
SCRUTE
DOM DOM DOM
ON M'OBSERVE !
DOM
FINALEMENT, J'AURAIS PEUT-ÊTRE MIEUX FAIT DE RESTER À LA FERME...
LÀ-BAS, ÇA IRA SÛREMENT MIEUX...
JE REMARQUERAI FACILEMENT MON ONCLE QUAND IL REVIENDRA

DODOM DODOM
TOUT VA BIEN
JE NE RESSORS PAS DU LOT
JE NE SUIS PAS BIZARRE
JE N'AI PAS HONTE...
SI, EN FAIT !!
HEUREUSEMENT POUR MOI, PERSONNE NE M'A ADRESSÉ LA PAROLE...
EN TOUT CAS, JE SUIS IMPRESSIONNÉE PAR CETTE INCROYABLE VARIÉTÉ D'INDIVIDUS QUI FRÉQUENTENT CE LIEU
EH BEN, ON EN A BAVÉ...
SI TU N'AVAIS PAS FAIT TOURNOYER TON ÉNORME ÉPÉE DANS CE SI PETIT ESPACE, AUSSI
PRENDS PLUTÔT EXEMPLE SUR MOI
BAH, NE FAIS PAS TROP ATTENTION À CE QU'ILS RACONTENT...
EN QUOI CONSISTE NOTRE PROCHAINE QUÊTE, D'AILLEURS ?
SI C'ÉTAIT LE CAS...
JE ME DEMANDE S'IL PART À L'AVENTURE EN GROUPE, COMME CES INDIVIDUS
ÇA ME RENDRAIT UN PEU TRISTE

QUE VOUS ARRIVE-T-IL ?
HYAAAAH !
PARDONNEZ-MOI...
JE N'AVAIS AUCUNEMENT L'INTENTION DE VOUS EFFRAYER...
AH... NON, C'EST DE MA FAUTE
JE N'AURAIS PAS DÛ RÉAGIR AINSI !
J... J'ATTENDAIS JUSTE...
MON PÈ... MON ONCLE
VOTRE ONCLE ?
OUI !
EUH...
JE...

N... NOUS S... SOMMES DE LA FER... ME...
AH OUI !
MERCI INFINIMENT POUR VOS EXCELLENTS PRODUITS ! JE NE SAVAIS PAS QU'IL AVAIT UNE NIÈCE, DIS DONC !
ET... EUH...
À... À CE SUJET...
EUH...
SI JE NE LE DIS PAS MAINTENANT...
JE SAIS...
QUE JE RESTERAI TOUJOURS COINCÉE...
J... JE TÂCHERAI MOI AUSSI À L'AVENIR...
ALLEZ, BOUGE SATANÉE LANGUE !
DE L'AIDER...
DANS SES...
LIVR... AI...
ZOB...
SONS...
HEM

BIEN SÛR !
AVEC GRAND PLAISIR !
MERCI BEAU-COUP !
TOP
TOP
QUELLE ASSURANCE ELLE DÉGAGE...
LES HOMMES DOIVENT FORCÉMENT PRÉFÉRER CE GENRE DE FEMME...
GYOUH...
JE DOIS FAIRE DE MON MIEUX...

SOUH
SOUH
ZAAH
ZAAH
HUM...
OUH ?
VLOF
IL M'A SEMBLÉ ENTENDRE UN BRUIT...
ZAAH

VLAF
EST-IL DE RETOUR ?
CRII
EUH... JE...
GLOUP
TOC TOC
TU ES...
REVENU ?

PERSONNE ?
ÇA VENAIT... DE DEHORS
CLAP
CLANG
DOM
LES COUVERTURES SONT TOUJOURS PLIÉES...
MAIS OUI, IL LUI AVAIT EFFECTIVEMENT PRÉCISÉ QU'IL LUI PRÊTAIT SA GRANGE VIDE...

JE N'Y AI QUASIMENT JAMAIS PÉNÉTRÉ...
COMMENT PEUT-IL ACCEPTER D'ÊTRE LOGÉ DANS UN REPAIRE À GOBELINS COMME CELUI-LÀ...
DES... GOBELINS...
TOURNE TOURNE
CRI
TU... ES LÀ ?
ZOUH

QUOI, ÇA NE VA PAS ?!
TU ES BLESSE ?!
...
NON

PLAF
AUCUNEMENT
OUPS
JE ME REPOSAIS JUSTE
JE...
EUH...
SA VOIX EST UN PEU RAUQUE
PARCE QUE JE VIENS DE LE RÉVEILLER ?

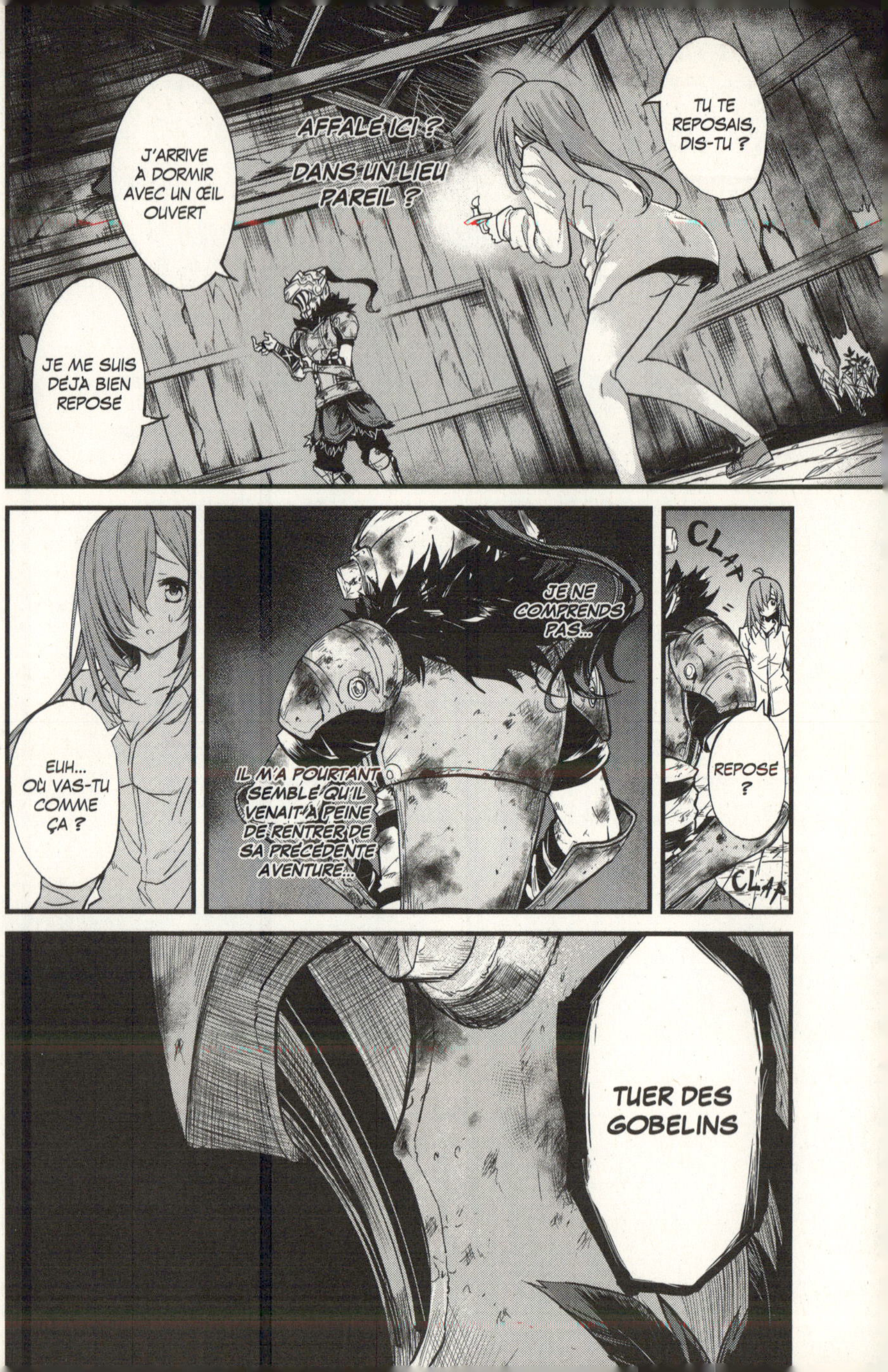
TU TE REPOSAIS, DIS-TU ?
AFFALÉ ICI ?
DANS UN LIEU PAREIL ?
J'ARRIVE À DORMIR AVEC UN ŒIL OUVERT
JE ME SUIS DÉJÀ BIEN REPOSÉ
CLAP
REPOSÉ ?
CLAP
JE NE COMPRENDS PAS...
IL M'A POURTANT SEMBLÉ QU'IL VENAIT À PEINE DE RENTRER DE SA PRÉCÉDENTE AVENTURE...
EUH... OÙ VAS-TU COMME ÇA ?
TUER DES GOBELINS

JE VOIS...
JE PENSAIS QU'APRÈS TOUTES CES ANNÉES, IL AURAIT CHANGÉ
EN RÉALITÉ, SI RIEN N'A CHANGÉ EN MOI EN CINQ ANS...
GYOUH
IL Y A RIEN D'ANORMAL...
QUE CE SOIT AUSSI LE CAS...
POUR LUI...
MAIS ALORS, QUE DOIS-JE FAIRE ?
SOUH
AH...
ZAAH
ZAAH

MES SOUVENIRS D'IL Y A CINQ ANS : UNE BANALE ET STUPIDE QUERELLE...
QUI NOUS A TOUS DEUX ATTRISTÉS
APRÈS AVOIR FAIT MES ADIEUX À MES PARENTS, JE SUIS MONTÉE DANS LE CHARIOT...
MAIS LORSQUE JE ME SUIS RETOURNÉE, IL N'ÉTAIT NULLE PART
J'AVAIS PRÉVU DE LUI PARLER À MON RETOUR
MAIS JE NE SUIS FINALE-MENT JAMAIS REVENUE
JE N'AI PU REVENIR ET PERSONNE NE REVIENDRA PLUS JAMAIS
NON ! JE DOIS ARRÊTER AVEC...
CETTE FAÇON DE PENSER !

BAM
LORSQUE TU REVIENDRAS... !
JE SERAIS LÀ, ALORS...
LA PROCHAINE FOIS...
ACCORDE-TOI UN PEU PLUS DE TEMPS

GOBLIN SLAYER
YEAR ONE

CHAPITRE 9
NE ME DIS QUAND MÊME PAS QUE TU TE CROIS PARFAIT ?
WHOUUU
NON, TU ES LOIN DE LA PERFECTION ! NE TE CROIS SURTOUT PAS CAPABLE DE TOUT FAIRE AVEC TES COMPÉTENCES NATURELLES
JE DÉTESTE L'ÉCHEC !
JE DÉTESTE PERDRE !
JE N'AI PAS BESOIN DE M'ENTRAÎNER !!
CLIP

Y AURAIT-IL D'INCROYABLES IDÉES AUXQUELLES PERSONNE N'AURAIT PENSÉ JUSQU'À MAINTENANT RENFERMÉES LÀ-DEDANS ?
DIS-MOI !
RAAH !
VLAM

VIOUH
ÉVITE DE PRENDRE TROP LES GENS POUR DES CONS, VEUX-TU ?
MÊME LES PIRES CRAPULES SONT PLUS INTELLI-GENTES QUE TOI !
MAIS ON VA S'ARRANGER POUR QUE CE NE SOIT PLUS LE CAS
PAR CONTRE, ATTENDS-TOI AU PIRE
OUI...
MAÎTRE
BIEN !
FRRT
FRRT
CE BRUIT... C'EST DE L'EAU ?
PSHAAAA
?!

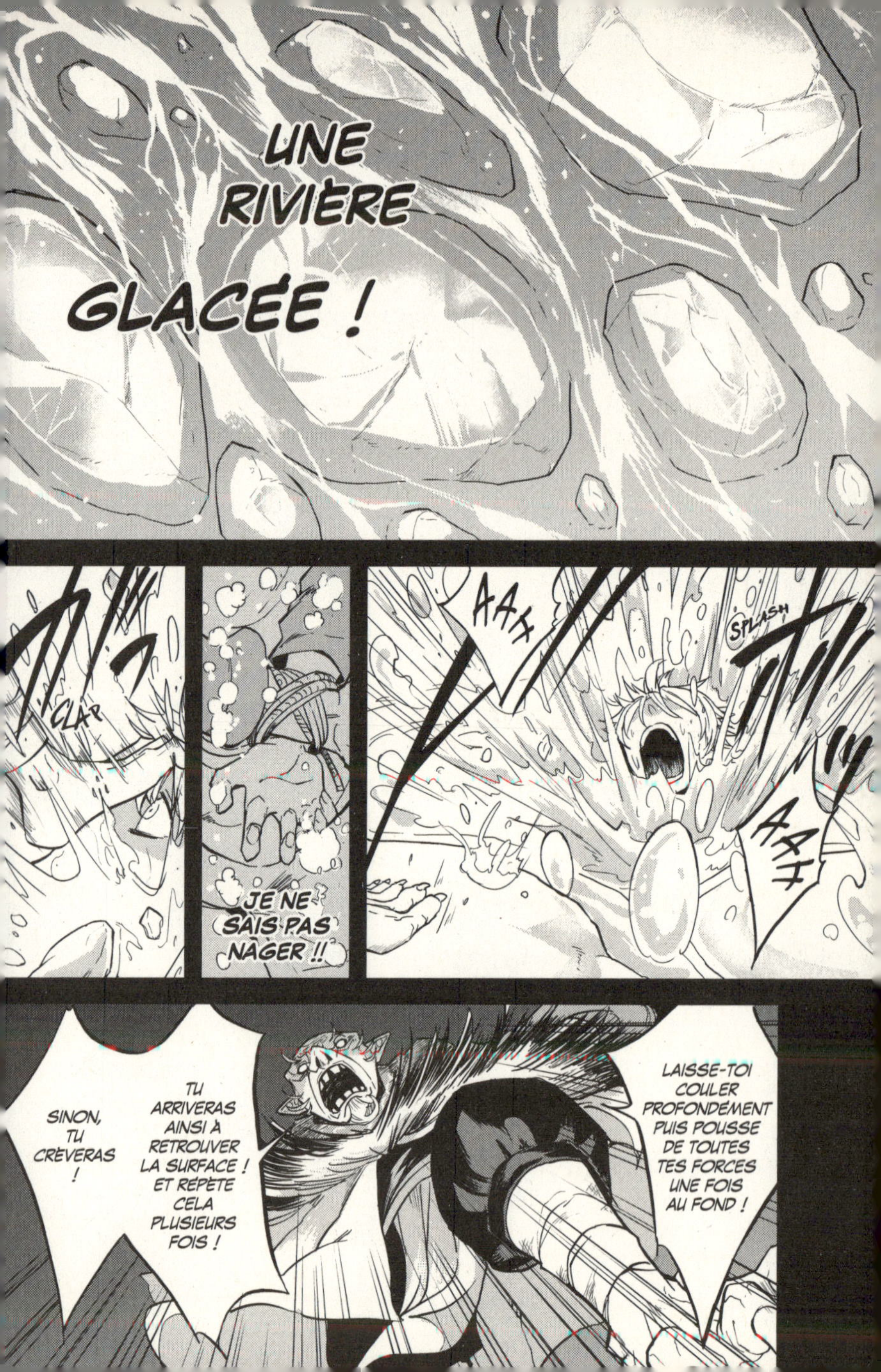
UNE RIVIÈRE GLACÉE !
SPLASH
AAH
AAH
JE NE SAIS PAS NAGER !!
CLAP
LAISSE-TOI COULER PROFONDÉMENT PUIS POUSSE DE TOUTES TES FORCES UNE FOIS AU FOND !
TU ARRIVERAS AINSI À RETROUVER LA SURFACE ! ET RÉPÈTE CELA PLUSIEURS FOIS !
SINON, TU CRÈVERAS !

BLOUP
BLOUP
JE ME LAISSE COULER...
ZOUH
PUIS, AU FOND DE LA RIVIÈRE...
JE POUSSE DE TOUTES MES FORCES !

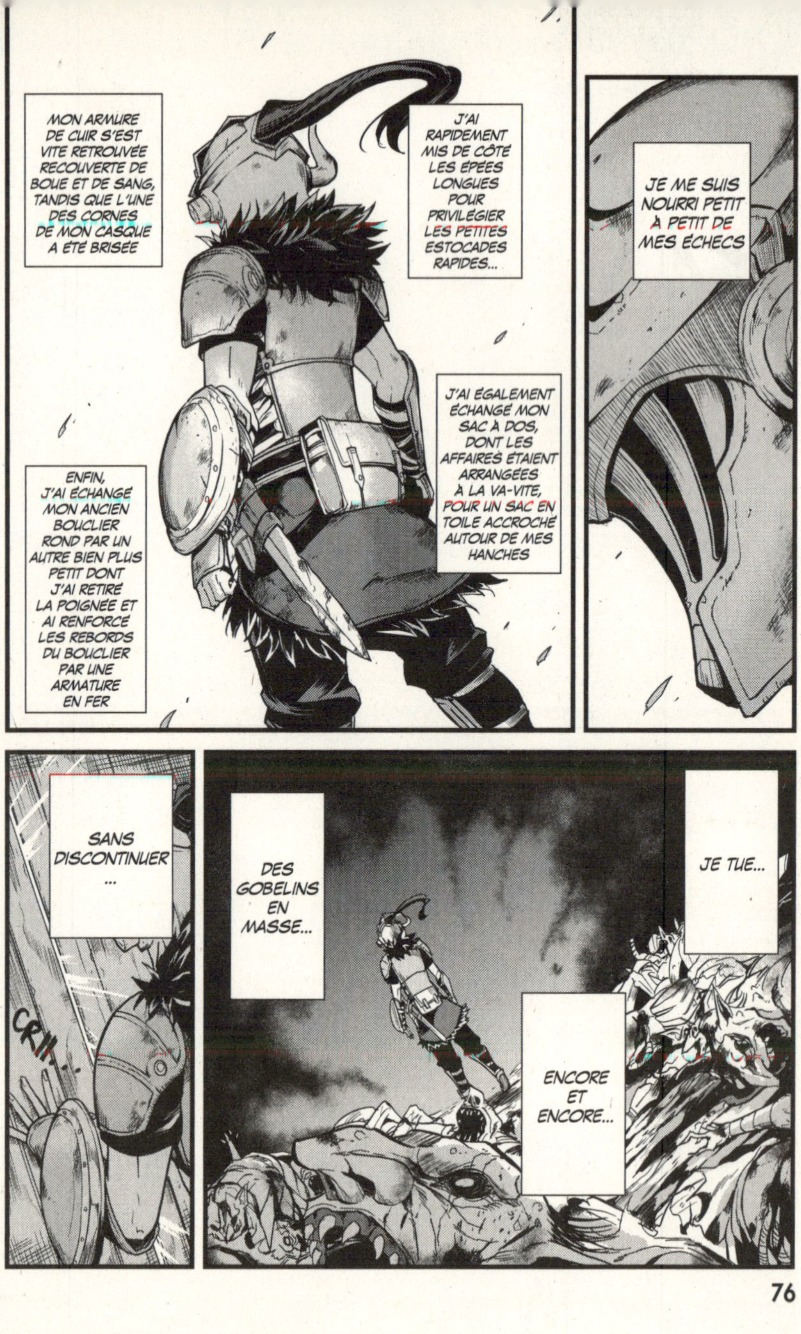
MON ARMURE DE CUIR S'EST VITE RETROUVÉE RECOUVERTE DE BOUE ET DE SANG, TANDIS QUE L'UNE DES CORNES DE MON CASQUE A ÉTÉ BRISÉE
J'AI RAPIDEMENT MIS DE CÔTÉ LES ÉPÉES LONGUES POUR PRIVILÉGIER LES PETITES ESTOCADES RAPIDES...
ENFIN, J'AI ÉCHANGÉ MON ANCIEN BOUCLIER ROND PAR UN AUTRE BIEN PLUS PETIT DONT J'AI RETIRÉ LA POIGNÉE ET AI RENFORCÉ LES REBORDS DU BOUCLIER PAR UNE ARMATURE EN FER
J'AI ÉGALEMENT ÉCHANGÉ MON SAC À DOS, DONT LES AFFAIRES ÉTAIENT ARRANGÉES À LA VA-VITE, POUR UN SAC EN TOILE ACCROCHÉ AUTOUR DE MES HANCHES
JE ME SUIS NOURRI PETIT À PETIT DE MES ÉCHECS
SANS DISCONTINUER ...
CRII...
DES GOBELINS EN MASSE...
ENCORE ET ENCORE...
JE TUE...

ZAAH
TU N'AS RIEN FAIT À MA NIÈCE, J'ESPÈRE ?
« FAIT » ? DITES-VOUS ?
QUOI DONC ?
NE TE MOQUE PAS DE MOI, TU SAIS TRÈS BIEN DE QUOI JE PARLE !

DEPUIS QU'ELLE EST SORTIE DE CETTE GRANGE CE MATIN TÔT, ELLE SEMBLE PRÉOCCUPÉE VOIRE DÉRANGÉE PAR QUELQUE CHOSE, CELA SAUTE AUX YEUX
HAA...
CETTE FILLE EST L'UNIQUE SOUVENIR QU'IL ME RESTE DE MA PETITE SŒUR... ELLE EST DÉSORMAIS MA SEULE FAMILLLE ET J'Y TIENS COMME MA PROPRE FILLE.
JE ME DOUTE QU'UN JOUR ELLE TOMBERA AMOUREUSE DE QUELQU'UN, SE MARIERA ET S'EN IRA DE LA MAISON
MAIS MALGRÉ ÇA...
S'IL S'EST BIEN PASSÉ CE QUE JE PENSE, J'ESPÈRE QUE TU SAURAS PRENDRE TES RESPONSA-BILITÉS
IMPOSSIBLE DE SAVOIR À QUOI IL PENSE SOUS CE CASQUE
GYOUH...
S'IL SE PERMET LE MOINDRE ACTE OFFENSANT CHEZ MOI...
NON
RIEN DE PARTICULIER

TU NE COMPTES PAS UN JOUR TE TROUVER UN TRAVAIL HONNÊTE ET RESPECTABLE ?
TU ES SÛR ?
OUI
ET PUIS, JE DOIS ADMETTRE...
QUE CE JEUNE HOMME A AU MOINS...
UN CÔTÉ SÉRIEUX QUI NE ME DÉPLAÎT PAS...
JAMAIS JE NE DONNERAI LA MAIN DE MA NIÈCE À UN DE CES VOYOUS D'AVENTURIERS
MAIS JE SERAIS TRÈS HEUREUX DE VOIR LES DEUX SURVIVANTS DE CE VILLAGE POUVOIR VIVRE DE NOUVEAU UNE VIE NORMALE
NON...
PAS TANT QU'IL RESTERA DES GOBELINS
...
HAA...
JE COMPRENDS MAINTENANT POURQUOI MA NIÈCE FAIT LA TÊTE
DANS CE CAS, JE TE LAISSE. LE BOULOT M'ATTEND
CE TYPE EST TÊTU COMME UNE MULE
OUI...

ET VOTRE NIÈCE ?
MOI QUI CROYAIS QU'IL S'EN MOQUAIT ÉPERDUMENT
ELLE EST DE SORTIE. JE CROIS QU'ELLE RENTRERA TARD, CE SOIR
JE VOIS
UNE DÉMARCHE INCERTAINE
ON CROIRAIT VOIR UN ENFANT ABANDONNÉ SUR UNE ROUTE...
VLAF

CLAP
AH !
CLING
CLANG
JE VEUX DES GOBELINS
UNE NOUVELLE EXTERMINATION DE GOBELINS POUR VOUS, DONC !

CLAM
CELA ME DERANGE UN PEU QUE L'ON ME CONTRAIGNE À FOURNIR UN TYPE DE MISSION EN PARTICULIER...
MAIS BON, IL FAUT BIEN QUE QUELQU'UN S'EN OCCUPE
EVIDEMMENT, D'AUTRES MISSIONS ONT AUSSI BESOIN D'ÊTRE POURVUES
LES RESTES DES QUÊTES NON ATTRIBUEES CE MATIN
MAIS CE SONT CELLES QUE PERSONNE NE RECLAME
ALORS AUJOURD'HUI, J'EN AI CINQ À VOUS PROPOSER
MALHEUREUSEMENT, LA PLUPART DES AUTRES AVENTURIERS SONT TOUS PARTIS RÉGLER UN GROS PROBLÈME AYANT LIEU DANS UNE MINE...
VLAF
EUH...
VOUS N'ALLEZ PAS BIEN ?

FLAP
FLAP
...
SI
TOUT VA BIEN
ON SE DEMANDE À QUOI SE RAPPORTE CE « TOUT VA BIEN »
J'ARRIVERAIS À LE DEVINER UN PEU S'IL MONTRAIT SON VISAGE...
LA SEULE FOIS OÙ J'AI PU LE VOIR, C'ÉTAIT LE JOUR DE SON ENREGISTREMENT ICI EN TANT QU'AVENTURIER...
SI J'AVAIS SU, J'AURAIS ENCORE MIEUX GRAVE SON VISAGE DANS MA MÉMOIRE
HEM
DITES...
TOC
VOUS CROYEZ VRAIMENT QUE JE VAIS VOUS CONFIER UNE MISSION SI VOUS N'ÊTES PAS DANS LES MEILLEURES CONDITIONS PHYSIQUES ?
JE VAIS BIEN

BLAM
ZOM
VOUS
CROYEZ
VRAIMENT
QUE JE
VAIS
LE FAIRE ?
HEM... NON
SI VOUS VOULEZ SURVIVRE DANS CE MÉTIER, IL VA D'ABORD FALLOIR APPRENDRE À VOUS REPOSER CONVENABLE-MENT !
SINON, NE RÊVEZ MÊME PAS POUR QUE JE VOUS ACCORDE LA MOINDRE MISSION
CLOP
BIEN
EXCEPTIONNEL-LEMENT...
J'ESPÈRE QU'IL ME PARDONNERA MON ATTITUDE

JE VAIS VOUS OFFRIR CECI
TOC
NOUS AVONS TOUJOURS QUELQUES POTIONS D'ENDURANCE EN STOCK ICI, À LA GUILDE, À PROPOSER AUX CLIENTS
NE LE DITES À PERSONNE, OK ?
JE FERAI RETIRER ÇA DE MA PAIE POUR NE PAS AVOIR DE PROBLÈME
HUM-PF...
DESOLE
VOUS SERIEZ MIEUX VU PAR LA SOCIÉTÉ SI VOUS APPRENIEZ À DIRE « MERCI » DANS CE GENRE DE CAS
...
MER... CI...
PFF
JE DISAIS DONC...
NOUS AVONS CINQ QUÊTES À VOUS PROPOSER
SEULEMENT, TOUS LES AUTRES AVENTURIERS SONT DE SORTIE...
DE SORTIE ?
OUI, DANS UNE MINE... IL Y A UN GROS PROBLÈME, LÀ-BAS
...
AH !
CETTE MISSION VOUS INTÉRESSERAIT AUSSI, PEUT-ÊTRE ?

NON...
JE VEUX DES GOBELINS
MAIS...
C'EST LA QUÊTE PROPOSÉE PAR CE NOUVEAU VILLAGE EN PLEINE EXPANSION
MAIS LES GOBELINS SEMBLENT UN PEU TROP NOMBREUX, LÀ-BAS...
EUH...
VOUS ÊTES SÛR QUE ÇA IRA ?
IL VEUT FAIRE ÇA SEUL...
ALORS QU'IL N'EST PAS EN FORME ?
SI, À CAUSE DE ÇA, IL LUI ARRIVAIT QUELQUE CHOSE...
NE VOULEZ-VOUS PAS ATTENDRE LE RETOUR DES AUTRES AVENTURIERS ?
NON, JE PEUX...
M'EN OCCUPER SEUL

CLANG
CLONG
ENCORE TOI ?

CLANG
LAME ENTAILLÉE...
GARDE PLIÉE...
ET IL MANQUE UNE PARTIE DU POMMEAU
ET ENSANGLANTÉE
TSS !
CEUX QUI NE PRENNENT PAS SOIN DE LEUR ÉQUIPEMENT NE FONT PAS LONG FEU, EN GÉNÉRAL
CE N'EST ÉVIDEMMENT PAS PAR PLAISIR QUE JE N'EN PRENDS PAS SOIN
JE ME DEMANDE ...
UN VIEIL ADAGE RACONTE QU'UNE ÉPÉE NE DÉCOUPE JAMAIS PLUS DE CINQ ADVERSAIRES
MAIS UN VÉRITABLE EXPERT EST CAPABLE DE MÉNAGER SUFFISAMMENT SON ARME POUR ÉVITER D'ENTAILLER LA LAME ET DE TROP L'ASPERGER DU GRAS ET DU SANG DE SON ADVERSAIRE
LE PROBLÈME EST QUE LES ÉPÉES SONT EMPLOYÉES AU SEIN DE BATAILLES
ELLES CROISENT DU MÉTAL, DU CUIR VOIRE DES OS ET TOUS LES COUPS QUI PARTENT NE SONT PAS FORCÉMENT CALCULÉS
LA LAME RENCONTRE PARFOIS CELLE D'UN ADVERSAIRE ET TRANCHE PARFOIS DES MEMBRES, S'ASPERGEANT PAR LA FORCE DES CHOSES DE GRAS ET DE SANG
D'OÙ L'EXPRESSION : « UNE ÉPÉE NE DÉCOUPE JAMAIS PLUS DE CINQ ADVERSAIRES »

ZOM
MAIS BREF, QU'EST-CE QUE JE VAIS BIEN POUVOIR FAIRE DE ÇA ?
CLANG
CELA ME SEMBLE INUTILE DE L'AIGUISER. IL EST PRÉFÉRABLE DE S'EN ACHETER UNE NOUVELLE
TRÈS BIEN
CLAP
DIS DONC, TU GAGNES BIEN TA VIE
TU AS TUÉ QUOI POUR AVOIR TOUT ÇA ?
DES GOBELINS
QUOI ?
TOP
MAIS VOUS DEVEZ SÛREMENT METTRE VOTRE ARGENT EN COMMUN POUR VOUS ACHETER DU MATÉRIEL AVEC TON GROUPE, C'EST ÇA ?
JE TRAVAILLE SEUL
LA PREUVE QUE CET HOMME A FORCÉMENT DÛ TUER PLUS DE CINQ ADVERSAIRES AVEC CETTE MÊME ARME
IL POURRAIT SE PERMETTRE D'ACHETER DU MEILLEUR MATÉRIEL QUE ÇA...
SINON, EST-CE QUE MA COMMANDE EST PRÊTE ?
OUI
BREF, ÉVITONS D'EN PARLER

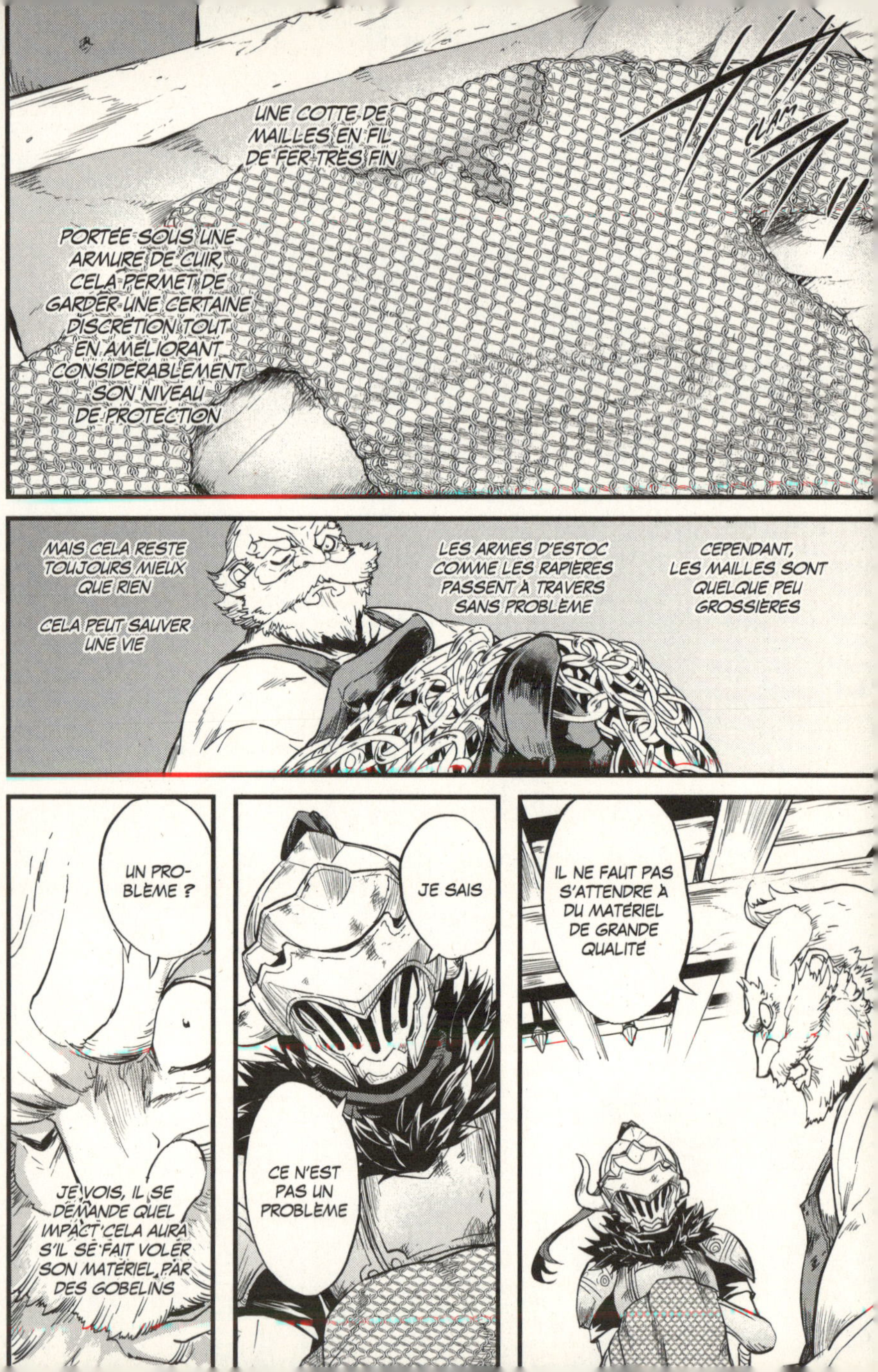
CLAM
UNE COTTE DE MAILLES EN FIL DE FER TRÈS FIN
PORTÉE SOUS UNE ARMURE DE CUIR, CELA PERMET DE GARDER UNE CERTAINE DISCRÉTION TOUT EN AMÉLIORANT CONSIDÉRABLEMENT SON NIVEAU DE PROTECTION
CEPENDANT, LES MAILLES SONT QUELQUE PEU GROSSIÈRES
LES ARMES D'ESTOC COMME LES RAPIÈRES PASSENT À TRAVERS SANS PROBLÈME
MAIS CELA RESTE TOUJOURS MIEUX QUE RIEN
CELA PEUT SAUVER UNE VIE
IL NE FAUT PAS S'ATTENDRE À DU MATÉRIEL DE GRANDE QUALITÉ
JE SAIS
CE N'EST PAS UN PROBLÈME
UN PRO-BLÈME ?
JE VOIS, IL SE DEMANDE QUEL IMPACT CELA AURA S'IL SE FAIT VOLER SON MATÉRIEL PAR DES GOBELINS

VOICI DONC SON PRINCIPAL CRITÈRE DE CHOIX POUR SON ÉQUIPEMENT
ÇA VEUT DIRE QU'IL PENSE À TOUT
IL ENVISAGE CONSTAMMENT LE SCÉNARIO DU PIRE, CELUI DANS LEQUEL...
LES GOBELINS ARRIVERAIENT À LE PILLER

GOBLIN SLAYER
YEAR ONE

BROUHA
BROUHA
CHAPITRE 10
J'AI BESOIN DE VIVRES
AVEC PLAISIR !
COMBIEN DE JOURS DE RATIONS ?
UNE SEMAINE
JE VOUS APPORTE ÇA TOUT DE SUITE

...
MERDE ...
COMMENT ?
RAAH... C'EST PAS VRAI !
JE NE VOIS PAS LES AUTRES MEMBRES DE SON GROUPE AVEC LUI.
...
ZOUH
YO !
BEN ALORS ?

DOM
TU ÉTAIS SUR LE POINT DE PARTIR À L'AVENTURE ?
C'EST QUOI, CETTE FOIS-CI ?
UN CENTIPÈDE GÉANT ? UNE GOULE ?
SINON, EXPLORER DES RUINES, C'EST AUSSI TRÈS SYMPA
DES GOBELINS
QUOI ?!
DES GOBE-LINS ?!
TU SAIS QUOI, MOI L'AUTRE JOUR, JE SUIS ALLÉ ME DÉBARRASSER D'UNE COLONIE DE BLOBS DANS UNE MINE
AH BON ?
OUAIS ! PAS MAL, NON ?
C'EST QUOI, UN BLOB ?

AUCUNE CERTITUDE, MIS À PART QUE CE N'EST SÛREMENT PAS UN GOBELIN
C'EST SI IMPRESSIONNANT QUE ÇA ?
OH QUE OUI !
PLOP
AH BON
VLOF
JE SUIS IMPRESSIONNÉ
ZDOM
COMMENT ?!
?
BEN QUOI ? C'EST PAS IMPRESSIONNANT, FINALEMENT ?

RAAH !
ET MERDE !
MAIS C'EST QUI, CE TYPE ?!
DIS !
C'EST QUOI, ÇA ?
UNE POTION D'ENDU-RANCE
L'HÔTESSE DE LA GUILDE ME L'A DONNÉE
CLING
CLING
COMMENT ?!
C'EST PAS VRAI !
QUE DOIS-JE FAIRE D'AUTRE ? ME VANTER ENCORE PLUS DE MES EXPLOITS FACE AUX BLOBS AUPRÈS D'ELLE, PEUT-ÊTRE ?
AUX BLOBS ?
VLAF
VLAF
OUI, DE VÉRITABLES BOULES VISQUEUSES VIVANTES !
IMPOSSIBLE DE SAVOIR OÙ LES FRAPPER POUR LEUR FAIRE MAL
ALORS J'AI PRIS MA LANCE COMME ÇA ET...
TOC
TOC

DIS... DONC...
ARRÊTE...
TOI... LÀ
PUISQUE TU ES LÀ, DIS-LUI TOI AUSSI
TOI AUSSI TU EN AS SÉRIEUSEMENT BAVE FACE À CES BLOBS
TOC
AOUTCH !
PAR... DONNE... LE
ÇA VA...
PAS DE PROBLÈME
S'IL LE FAUT...
JE LE FERAI... TAIRE...
À L'AIDE D'UNE... « TOILE D'ARAIGNÉE »
Mais quoi ?!
JE VOIS

ET LUI ?
AH OUI...
UN MEMBRE ...
DE SON GROUPE S'EST FAIT...
DÉVORER
IL A QUITTÉ SON GROUPE ...
POUR ALLER LIVRER...
AUX PARENTS UN OBJET...
DE CETTE FILLE
ET UN AUTRE...
A PERDU...
UN BRAS
TOUS SÉPARÉS
DES CHOSES QUI...
ARRIVENT ...
RÉGULIÈ-REMENT
AH BON...
BREF...
TU SAIS TOUT
SUR CE...
À BIENTÔT

HÉ !
GYOUH
LÂCHE-MOI !
FROTTE
FROTTE
PLUTÔT COSTAUDE POUR QUELQU'UN CHARGÉ DE PROTÉGER L'ARRIÈRE-GARDE
ILS SONT EN COUPLE, TOUS LES DEUX ?
PEU IMPORTE
EXCUSEZ-MOI POUR L'ATTENTE !!
TAP
TAP
CLING
MERCI...
ET BON VOYAGE !
ZAAH
ZAAH
...

ZOB
CRII...
CRII...

ゴロ
roule
ゴロ
roule
roule
roule
TE VOICI...
ARRIVÉE SUR LE LIEU DEMANDÉ, DEMOISELLE
HUM...
MERCI BEAUCOUP

NOUS ...
ON...
T'ATTEN...
DRA...
ICI...
CE TEMPS
PEN-DANT...
OUI !
MERCI !
BAM
ÇA VA ALLER ?
VLOUF
TOUT VA BIEN
TAP
J'AURAIS NORMALEMENT DÛ ME SOUVENIR...
DE CE PAYSAGE

MAIS IL N'Y A PLUS RIEN
LA ROUTE SUR LAQUELLE JE M'AMUSAIS TOUT LE TEMPS...
FLAP
ET QUE J'EMPRUNTAIS TOUS LES JOURS JUSQU'À IL Y A CINQ ANS
FLAP
EUH...
ALORS ...
C'EST SÛREMENT LÀ OÙ LES HERBES SONT MOINS HAUTES QU'ELLE SE TROUVAIT AUTREFOIS
ZAAH
ZAAH
ZAAH

MON LIT DOUILLET...
MES HABITS PRÉFÉRÉS...
MA POUPÉE ADORÉE...
MON ASSIETTE ET MES COUVERTS FAVORIS
MON PÈRE...
MA MÈRE...
QU'EST-CE QU'IL A BIEN PU LEUR ARRIVER... ?

PLUS PERSONNE NE DOIT D'AILLEURS SE SOUVENIR QU'ICI, JADIS, IL EXISTAIT UN VILLAGE
MIS À PART MOI, MON ONCLE ET MON AMI...
IL N'Y A PLUS GRAND-CHOSE
LES RARES TRACES RESTANTES AURONT SÛREMENT DISPARU D'ICI DIX OU VINGT ANS
SI EN SEULEMENT CINQ ANS ON EN EST ARRIVÉ LÀ...
LES GENS S'EXCITENT SUR LE MOMENT PRÉSENT...
POF

C'EST NORMAL...
VLAF
VLAF
JE NE PEUX PAS PASSER MON TEMPS À RESSASSER LE PASSÉ
RIEN DE PLUS NORMAL
JE VEUX MANGER, TRAVAILLER, RIRE, M'AMUSER
ET PERSONNE NE POURRA ME REPROCHER DE SOUHAITER CELA
ÇA SERAIT TELLEMENT AGRÉABLE DE POUVOIR TOUT EXPULSER EN CRIANT
MAIS BON...
CELA M'EST IMPOSSIBLE
MAIS QUE PUIS-JE FAIRE, ALORS ? QUE PUIS-JE FAIRE POUR LUI ?
COMMENT DOIS-JE AGIR ?
...
BIEN !
GYOUH

C'EST...
DÉJÀ... TERMINÉ ?
OUI !
DÉSOLÉE DE VOUS AVOIR FAIT VOUS DÉPLACER POUR SI PEU...
NE T'EN OFFUSQUE PAS, C'EST NOTRE TRAVAIL
TANT QU'ON EST PAYÉS, ON FERA TOUT CE QUE TU VOUDRAS
VOTRE TRAVAIL...
MAIS ALORS LUI AUSSI PART TRAVAILLER QUAND IL QUITTE LA MAISON ?
DANS CE CAS...
JE DEVRAIS COMMENCER PAR LE MÉNAGE !
GYOUH
TU SAIS...

TU FERAIS MIEUX...
DE TE COUPER...
LES CHEVEUX
LES...
COUPER...
POUR MIEUX...
LAISSER RESSORTIR ...
TES YEUX
CAR TU ES...
MIGNONNE
D'ACCORD ?
YAAH!
ELLE EST SÛRE ?

ZAAH
J'AURAIS DÛ PRENDRE UN CHARIOT
ZAAH
ZAAH
LE SOLEIL A DÉJÀ DÉPASSÉ SON ZÉNITH ET COMMENCE À REDESCENDRE
IL FAIT PEUT-ÊTRE ENCORE BIEN JOUR, MAIS CELA NE DEVRAIT BIENTÔT PLUS TARDER À S'ASSOMBRIR
SI JE VEUX POUVOIR CAMPER AVANT LA TOMBÉE DE LA NUIT, JE VAIS BIENTÔT DEVOIR M'OCCUPER DES PRÉPARATIFS
ZAAH
VLAF
VLAF
LE MIEUX AURAIT ÉVIDEMMENT ÉTÉ DE MARCHER DE NUIT POUR POUVOIR ARRIVER DEMAIN AU VILLAGE
MAIS IL FAUT BIEN SE REPOSER SI JE VEUX POUVOIR M'OCCUPER DES GOBELINS
LES RUINES D'UNE ANCIENNE VILLE...

AU MOMENT MÊME OÙ JE ME SUIS ASSIS, MES MUSCLES SE SONT RELÂCHÉS ET LA LOURDEUR DE MES PAUPIÈRES EST VENUE ME RAPPELER MA FATIGUE. MAIS JE NE DOIS SURTOUT PAS ME LAISSER ALLER
SI JE M'ENDORS SANS PRÉPARER DE FEU, LES MONSTRES VIENDRONT ME DÉCHIQUETER EN PLEINE NUIT
LA VIANDE SÉCHÉE ACHETÉE À LA TAVERNE
MASTIQUER DEVRAIT M'AIDER À RESTER ÉVEILLÉ
ON VOIT ENCORE LE MARQUAGE AU FER DE LA BÊTE...
CELA PROVIENT DONC D'UNE FERME
MIAM
MIAM
PLUTÔT BON
GYOUH

IL ME SEMBLE QUE C'EST MA SŒUR QUI M'AVAIT RÉVÉLÉ QUE, EN RELIANT LES BONNES ÉTOILES ENTRE ELLES, IL ÉTAIT POSSIBLE DE DESSINER LA CONSTELLATION DU HÉROS AVEC
TCHAC
TCHAC
VLOF
CELA DEVRAIT SUFFIRE POUR REPOUSSER LES BESTIOLES AFFAMÉES
MAIS PAS LES GOBELINS PROBABLEMENT
VIENDRONT-ILS ?
POSSIBLE
EUX N'ONT PAS PEUR DU FEU
JE SUIS SÛR QU'ILS NE SAVENT MÊME PAS QUE LA QUASI-TOTALITÉ DES ÊTRES VIVANTS SONT, EUX, EFFRAYÉS PAR LES FLAMMES
MAIS QU'IMPORTE, JE SUIS ICI MAINTENANT...
JE DOIS JUSTE FAIRE ATTENTION ET NE JAMAIS OUBLIER LE DANGER QU'ILS REPRÉSENTENT
CLAP
DE TOUTE FAÇON, J'ARRIVERAI DÈS DEMAIN AU VILLAGE

CLAP
CLAP
ON VISE LA TÊTE...
LA GORGE...
DES GOBELINS ET ON PERCE...
ON PERCE...
ET ON BRISE

CLING
IL FAUT TOUJOURS S'ASSURER...
QU'ILS SONT BIEN MORTS

GOBLIN SLAYER YEAR ONE

GOBLIN SLAYER
YEAR ONE

VIOUH
LA MAÎTRESSE NOUS INTERDIT DE SORTIR À CAUSE DU DANGER QUE REPRÉSENTENT LES GOBELINS
MAIS ELLE NE SEMBLE MÊME PAS SAVOIR OÙ EST LEUR NID
ZOUH
HUMPF ...
PFIOU !
ZOM
ELLE POURRAIT ÊTRE FRANCHE ET DIRE SIMPLEMENT QU'ELLE NE SAIT PAS
ET HOP !
BLOM
PROBABLEMENT PARCE QUE SI ELLE AVOUE QU'ILS EN ONT UN, ELLE SAIT QU'ON PARTIRA EN CACHETTE À SA RECHERCHE

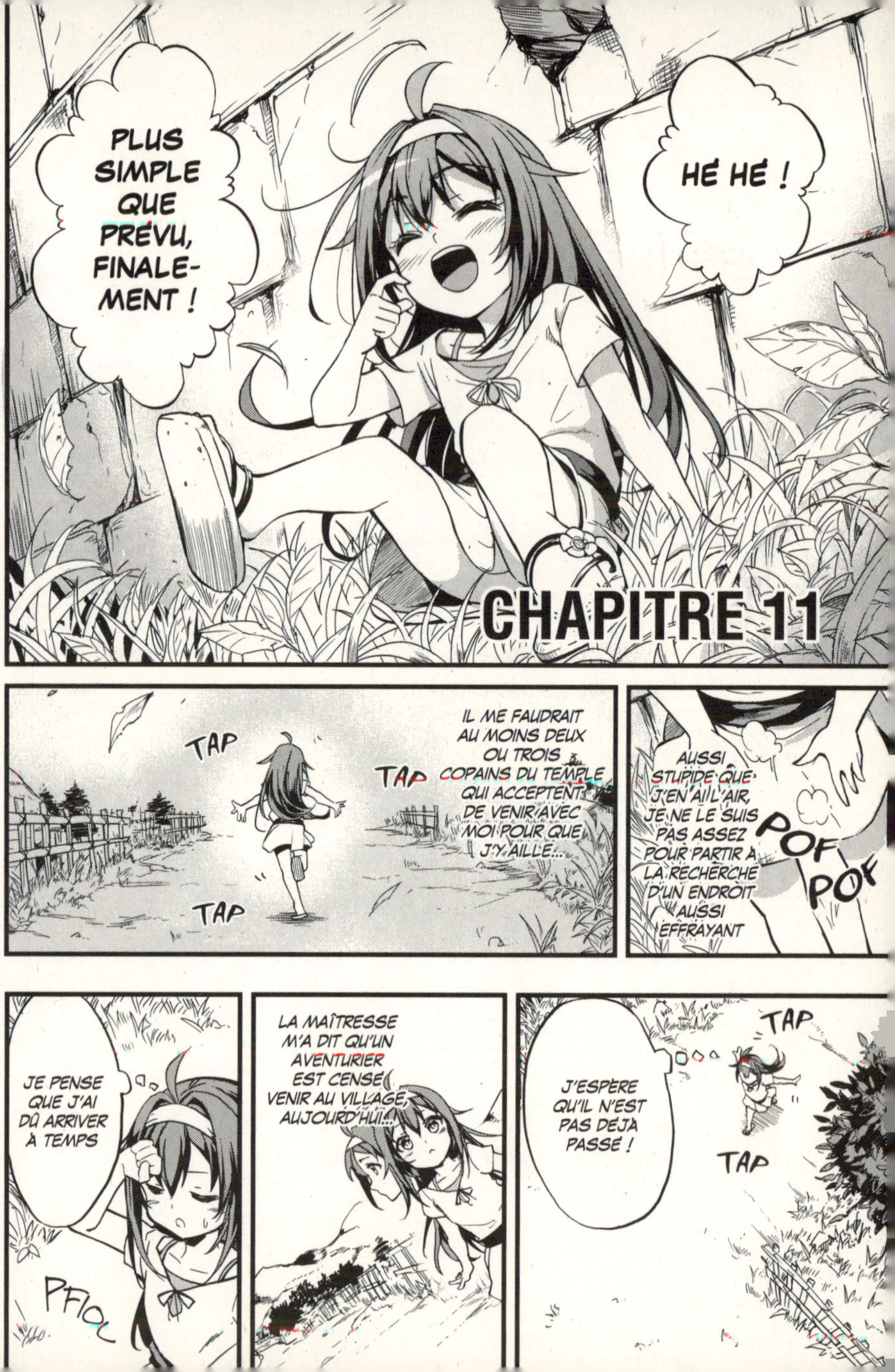
HÉ HÉ !
PLUS SIMPLE QUE PRÉVU, FINALE-MENT !
CHAPITRE 11
AUSSI STUPIDE QUE J'EN AI L'AIR, JE NE LE SUIS PAS ASSEZ POUR PARTIR À LA RECHERCHE D'UN ENDROIT AUSSI EFFRAYANT
POF
POF
IL ME FAUDRAIT AU MOINS DEUX OU TROIS COPAINS DU TEMPLE QUI ACCEPTENT DE VENIR AVEC MOI POUR QUE J'Y AILLE...
TAP
TAP
TAP
TAP
TAP
J'ESPÈRE QU'IL N'EST PAS DÉJÀ PASSÉ !
LA MAÎTRESSE M'A DIT QU'UN AVENTURIER EST CENSÉ VENIR AU VILLAGE AUJOURD'HUI...
JE PENSE QUE J'AI DÛ ARRIVER À TEMPS
PFIOU

OUAAH !
AAH...
HUM...
S'IL N'ARRIVE PAS D'ICI QUELQUES MINUTES, JE FERAIS BIEN UNE SIESTE, MOI
SAUF QUE...
LA MAÎTRESSE DIRAIT ALORS QUE J'AI ENFREINT SES RÈGLES ET JE SERAI PUNIE SANS AVOIR RIEN PU FAIRE AVANT
ET SI JE RAPPORTAIS DES FRUITS, EN DISANT QUE C'EST POUR OFFRIR AUX TOUT PETITS QUI PLEURENT ?
NON, C'ÉTAIT DÉJÀ MA PRÉCÉDENTE EXCUSE
HUM
ZZAAH
ZZAAH
C'EST ICI, LE VILLAGE ATTAQUÉ PAR LES GOBELINS ?
ZAAAH
TAP
EXACTE-MENT !
TAP

HUM ?
SCRUTE
T'ES BIZARREMENT ACCOUTRÉ...
AH BON ?

DIS DONC !
JE T'AVAIS POURTANT ORDONNÉ DE NE PAS ALLER DEHORS !
IL FALLAIT BIEN QUE QUELQU'UN SOIT LÀ POUR ACCUEILLIR ET GUIDER L'AVENTURIER, NON ?
PAF
CROIS-TU FRANCHEMENT QU'ON SE PERD POUR TROUVER NOTRE VILLAGE ?
Ouh...
OUIIIN
RETOURNE DANS TA CHAMBRE
EXCUSEZ-MOI POUR LE SPECTACLE
CE N'EST RIEN
ET PUIS CETTE PETITE FILLE M'A GENTIMENT GUIDÉ

MALGRÉ LE DÉCÈS DE LEURS PARENTS DURANT LES GUERRES, ILS RESTENT TOUS GENTILS
ET NOUS AIDENT DANS NOS TÂCHES QUOTIDIENNES AU TEMPLE
AH BON
CELA ME FAIT PLAISIR DE VOUS ENTENDRE DIRE ÇA
MES PETITS ONT AU MOINS ÇA DE BIEN QU'ILS SONT EN PLEINE FORME ET SERVIABLES
...
CELA M'EFFRAIERAIT DE SAVOIR CES ENFANTS À NOUVEAU ATTAQUÉS PAR DES MONSTRES
JE SUIS LÀ POUR ÇA
ET DONC ?
OÙ SONT VOS CAMARADES ?
MESSIRE ?
QUOI DONC ?
...
JE ME DEMANDAIS OÙ... POUVAIENT BIEN SE TROUVER VOS CAMARADES
JE N'EN AI PAS
?
VIENDRONT-ILS PLUS TARD ?

JE SUIS SEUL
VOICI POUR MES FRAIS D'HÉBERGEMENT IL SE PEUT QUE J'AIE AUSSI À FAIRE APPEL À VOTRE AIDE
OH !
MERCI BEAUCOUP !
EXCUSEZ-MOI
SOUH
VOUS ÊTES D'UNE GRANDE BONTÉ
PARDONNEZ-MOI... JE SAIS QUE CE N'EST PAS TRÈS POLI, MAIS NOUS SOMMES TELLEMENT SOUVENT ARNAQUÉS AVEC DE LA FAUSSE MONNAIE...
QUE JE SUIS OBLIGÉE DE TESTER
ET DONC ?
OÙ SONT CES GOBELINS ?

ZZAAH
ZZAAH
BLA
BLA
PSST
HÉ !
C'EST LUI, L'AVENTURIER ?
PSST
ON NOUS AVAIT PARLÉ D'UN GUERRIER. JE VEUX BIEN CROIRE QUE CE TYPE N'EST PAS UN AMATEUR VU SON ARMURE, MAIS QUAND MÊME...
ZZAAH
MOUAIS ...
IL SE POURRAIT TRÈS BIEN QU'IL L'AIT SIMPLEMENT RAMASSÉE SUR UN CHAMP DE BATAILLE
PSST
POURQUOI IL EST SEUL ?
DANS UN GROUPE D'AVENTURIERS, ILS NE SONT PAS CINQ OU SIX, EN GÉNÉRAL ?
PSST
J'ESPÈRE QU'IL VA PAS S'MANQUER, L'BOUGRE
ZZAAH
PSST
ATTENDS, J'ESPÈRE QU'IL VA PAS NOUS D'MANDER DE NOUS BATTRE À SES CÔTÉS, QUAND MÊME ?
PSST
ARRÊTE ! ON A DES CHAMPS À GÉRER, NOUS !
ET PUIS, À QUOI ÇA AURAIT SERVI D'EMBAUCHER UN AVENTURIER ?
OUAIS
UNE MONTAGNE AU NORD

ET ?
QU'EST-CE QUE ÇA FAIT ?
GLOUP
QUEL EST SON DÉNIVELÉ ?
ASSEZ FAIBLE POUR QU'UN CHEVAL PUISSE LA GRAVIR
RENFERME-T-ELLE DES GROTTES ?
J'EN SAIS RIEN, FAUDRAIT DEMANDER ÇA AU BÛCHERON. ÇA T'INTÉRESSE ?
OUI, DEMANDEZ-LUI
ZZAAH
ZZAAH
ILS NE SAVENT APPAREMMENT PAS EXACTEMENT DE QUELLE DIRECTION LES GOBELINS SURVIENNENT
LA NUIT, ILS ÉVITENT SOIGNEUSEMENT LES VEILLEURS, ESCALADENT LA PALISSADE, METTENT LES CHAMPS SENS DESSUS DESSOUS ET S'ENFUIENT
ILS NE LAISSENT DERRIÈRE EUX QUE DES TRACES DE PAS QUI NE SONT CLAIREMENT PAS CELLES D'HUMAINS
D'APRÈS EUX, ILS SONT JUSTE CAPABLES DE DIRE QU'ILS DOIVENT ÊTRE « PLUSIEURS »

TAP
TAP
TAP
LE BÛCHERON A LA CERTITUDE QU'IL N'Y A PAS LA MOINDRE CAVERNE NI AUCUNE RUINE SUR CETTE MONTAGNE
JE VOIS
CE SONT DONC DES VAGABONDS
DES GOBELINS AYANT ÉTÉ REJETÉS DE LEUR NID ET CHERCHANT À S'EN CRÉER UN NOUVEAU
POUR PARFAIRE LEUR FUTUR NID, IL LEUR FAUT DE LA NOURRITURE ET DES FEMMES À ENGROSSER OU POUR TUER LE TEMPS. ET C'EST CE VILLAGE QU'ILS ONT SÉLECTIONNÉ POUR SE FOURNIR
PARDONNEZ-MOI, MAIS J'AI UN SERVICE À VOUS DEMANDER
OUI ?
VOICI DE QUOI PAYER CE SERVICE
VIOUH
PRÊTEZ-MOI TOUT LE BOIS DE CONSTRUCTION ET LE MATÉRIEL AYANT SERVI À LA RÉALISATION DE VOTRE PALISSADE
PAS DE PROBLÈME, MESSIRE
MAIS CES PIÈCES NE SONT-ELLES PAS UN PEU RABOTÉES SUR LES CÔTÉS ?
ELLES PROVIENNENT D'UNE DES RÉMUNÉRATIONS DE LA GUILDE
DANS CE CAS, TOUT VA BIEN !
VITE, RAMENONS-LUI TOUT LE MATÉRIEL !
COMMENT UN AVENTURIER CENSÉ VENIR GAGNER SA VIE EN NOUS AIDANT...
PEUT-IL NOUS PAYER POUR L'AIDER À FAIRE SON TRAVAIL ?

FAITES-VOUS DES TOURS DE GARDE LA NUIT ?
ZZAAH
OUI, C'EST LA TÂCHE DE NOS JEUNES
MAIS PAS TOUS, ÉVIDEMMENT
ET À TOUR DE RÔLE
ALORS CONTINUEZ
IL NE FAUT PAS LAISSER AUX GOBELINS L'OCCASION DE CROIRE QUE QUELQUE CHOSE A CHANGÉ
JE VAIS M'OCCUPER DES PRÉPARATIFS
DES PRÉPARATIFS ?
OUI
LES GOBELINS VIENDRONT PROBABLEMENT DEPUIS LA MONTAGNE SITUÉE À L'ARRIÈRE DU VILLAGE
CEPENDANT, IL SERAIT IRRESPONSABLE DE LAISSER LES AUTRES CÔTÉS SANS DÉFENSE
C'EST BIENTÔT LE MOMENT DES RÉCOLTES DE CE QUI A ÉTÉ SEMÉ À L'AUTOMNE
LES GOBELINS VONT FORCÉMENT JETER LEUR DÉVOLU SUR ÇA
LES CHAMPS LAISSÉS EN FRICHE SONT AUSSI PROBLÉMATIQUES. CES HERBES CENSÉES SERVIR À NOURRIR LE BÉTAIL SONT UNE AUBAINE POUR LES GOBELINS QUI POURRONT SE CACHER DEDANS POUR NOUS ENVAHIR
SI POUR LE MOMENT ILS NE SE PRÉOCCUPENT QUE DES LÉGUMES PLANTÉS PAR CES VILLAGEOIS...
ILS S'ATTAQUERONT FORCÉMENT, UN JOUR AU BÉTAIL...
AINSI QU'AUX FEMMES DU VILLAGE

EST-IL POSSIBLE DE COMMENCER DÈS MAINTENANT LA RÉCOLTE ?
OUI, BIEN SÛR
MAIS MÊME EN S'Y METTANT DÈS MAINTENANT TOUS ENSEMBLE...
ON NE LA TERMINERA PAS AVANT DEMAIN MIDI
DANS CE CAS, PROCÉDEZ AINSI
JE SUPPOSE QUE VOUS FAITES AUSSI VENIR DE L'EAU DE LA RIVIÈRE POUR IRRIGUER ?
OUI
NORMALEMENT, SEUL LE SEIGNEUR DES LIEUX A LE DROIT DE NOUS ACCORDER OU NON LA POSSIBILITÉ D'UTILISER SON EAU
MAIS LES PLUIES RÉCENTES ONT ÉTÉ SI ABONDANTES...
QUE LE NIVEAU D'EAU DE LA RIVIÈRE EST BIEN TROP ÉLEVÉ
ALORS LEVEZ LES VANNES, CAR J'AURAIS BESOIN D'UN CANAL
ON DEVRAIT ATTEINDRE UNE PROFONDEUR SUFFISAMMENT HAUTE POUR QUE DES ENFANTS PUISSENT SE NOYER

COMMENT JE M'Y PRENDRAIS SI J'ÉTAIS UN GOBELIN ?
À QUOI JE M'ATTAQUERAIS, SI J'ÉTAIS EUX ?
QU'EST-CE QUE J'ENVIERAIS AUX HUMAINS ?
NE JALOUSE PAS AUTRUI, SINON TU TE TRANSFORMERAS EN GOBELIN
ELLE AVAIT RAISON

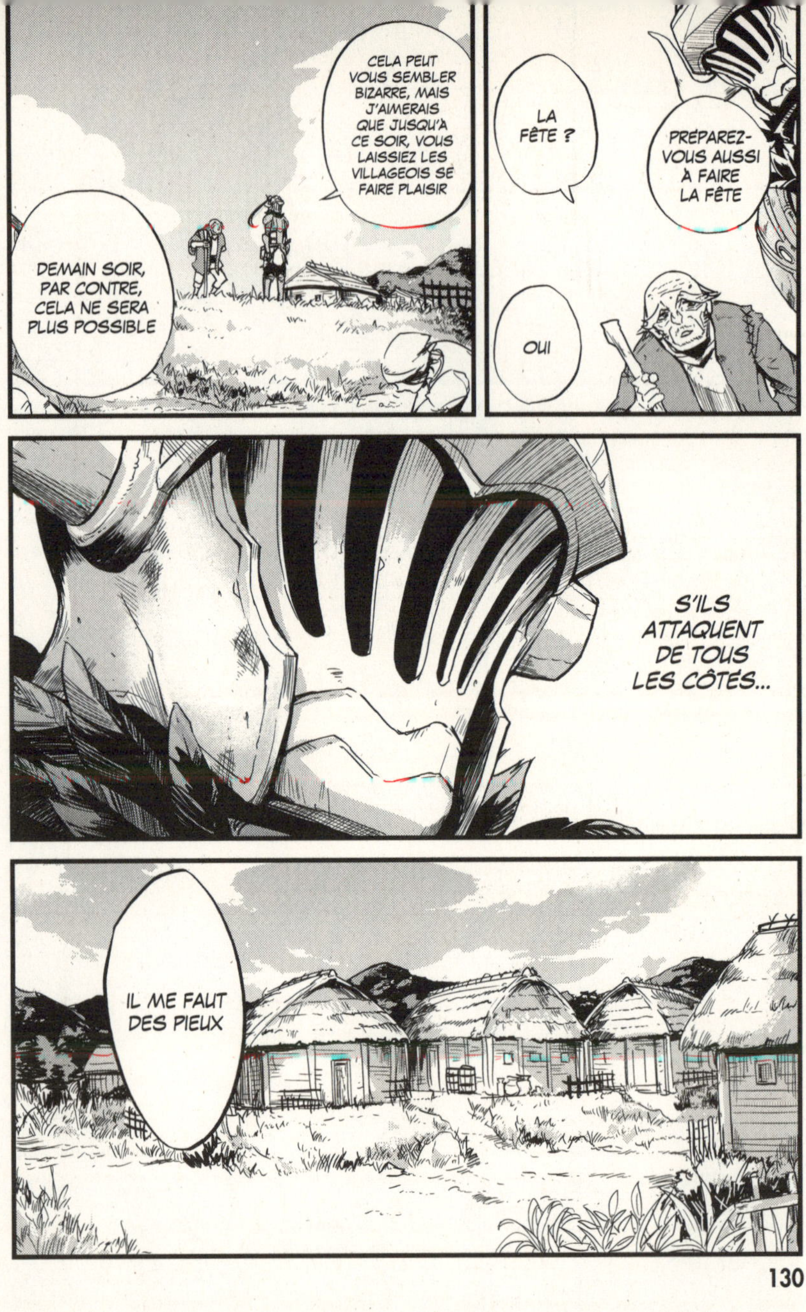
PRÉPAREZ-VOUS AUSSI À FAIRE LA FÊTE
LA FÊTE ?
OUI
CELA PEUT VOUS SEMBLER BIZARRE, MAIS J'AIMERAIS QUE JUSQU'À CE SOIR, VOUS LAISSIEZ LES VILLAGEOIS SE FAIRE PLAISIR
DEMAIN SOIR, PAR CONTRE, CELA NE SERA PLUS POSSIBLE
S'ILS ATTAQUENT DE TOUS LES CÔTÉS...
IL ME FAUT DES PIEUX

PAF
BIEN !
C'EST PARTI !
COMMENT POUVAIT-IL ACCEPTER DE DORMIR DANS UN ENDROIT AUSSI CRADE ?
IMPENSABLE !
SANS AUCUN SAC NI AFFAIRES, COMMENT FAIT-IL POUR SE CHANGER ?
ÇA A TOUJOURS ÉTÉ... UN INCAPABLE, À CE NIVEAU-LÀ !
IL PEUT ÊTRE SÛR QUE JE NE LE LAISSERAI PLUS FAIRE AINSI À PARTIR DE MAINTENANT
FRRT
FRRT

DURANT NOTRE JEUNESSE, NOUS ÉTIONS COMME CUL ET CHEMISE
IL Y AVAIT D'AUTRES ENFANTS DE NOTRE ÂGE...
MAIS NOS MAISONS ÉTAIENT VOISINES
ON COURAIT ENSEMBLE DANS LES CHAMPS...
AVEC DE SIMPLES BOUTS DE BOIS, ON JOUAIT AUX AVENTURIERS...
POUR AUTANT, ON N'AVAIT AUCUNE IDÉE DE CE QU'IL Y AVAIT AU-DELÀ DE LA MONTAGNE À PROXIMITÉ...
NI DE CE À QUOI RESSEMBLAIT UNE GRANDE VILLE
C'EST D'AILLEURS À CAUSE DE ÇA QU'ON S'EST ENGUEULÉS
IL FAUDRAIT... AU MOINS QUE...
JE LUI APPORTE ...
GYOUH
UNE COUVERTURE...
OU PLUTÔT QUE JE L'ENGUEULE POUR LE FORCER À DORMIR DANS SA CHAMBRE
OUI...
C'EST MIEUX AINSI
SPLASH
C'EST À SE DEMANDER CE QU'IL PEUT BIEN REPROCHER À LA CHAMBRE QUE JE LUI AI PRÉPARÉE EXPRÈS !
SA SŒUR L'AURAIT DEPUIS LONGTEMPS GRONDÉ, SES MAINS POSÉES SUR SES HANCHES, POUR LUI REMETTRE LES IDÉES EN PLACE
MAIS CE SERAIT UN PEU LÂCHE D'UTILISER LA MÉMOIRE DE SA SŒUR POUR ÇA

JE VAIS ÉVITER
FROTTE
ÇA NE SE FAIT PAS
FROTTE
FROTTE
PFIOU ...
BON...
SPLASH
SPLASH
...
LA CRASSE NE S'EN VA PAS AUSSI FACILEMENT QUE JE LE CROYAIS...
DE MÊME QUE LE CŒUR DES GENS EST BIEN PLUS DIFFICILE À DÉCRYPTER...
QUE JE L'IMAGINAIS
GYOUH
SI ÇA SE TROUVE, IL DIRA...
QUE JE N'AI PAS À M'IMMISCER DANS SES AFFAIRES ET QUE CE NETTOYAGE ÉTAIT INAPPROPRIÉ
SI ÇA SE TROUVE...
QUOI QUE JE FERAI...
CE SERA INUTILE...

ROOH...
ALLEZ, NETTOIE ET TAIS-TOI !
IL SERA SÛREMENT RAVI DE REVENIR DANS UNE GRANGE PROPRE !
FROTTE
FROTTE
FROTTE
PLOP
PLOP
FROTTE
FROTTE
FROTTE

MAIS QUE L'ON POSSÈDE OU NON UNE MONTAGNE D'ARGENT...
TOI SEUL DÉCIDES DE NOUS APPARAÎTRE OU NON
D'APRÈS LES MURMURES DU DIEU DU VENT...
TA POITRINE SERAIT À TOMBER PAR TERRE
Ô DÉESSE TERRE-MÈRE ...
MANIFESTE-TOI DANS NOTRE CHAMP COULEUR DORÉE
MAIS, Ô DÉESSE TERRE-MÈRE, NOUS T'EN CONJURONS...
NOUS NE ROULONS PAS SUR L'OR
NOUS NE CROULONS PAS SUR L'OR
MAIS QUE L'ON POSSÈDE OU NON UNE MONTAGNE D'ARGENT...
TU N'APPARAÎTRAS QUE SI TU ES CHARMÉE
TON SÉANT SERAIT À TOMBER PAR TERRE
D'APRÈS LES MURMURES DU DIEU DU VENT...
TE VOILÀ ENFIN, Ô DÉESSE TERRE-MÈRE
MANIFESTE-TOI DANS NOTRE CHAMP COULEUR DORÉE
MAIS C'EST AVEC TOI QUE NOUS SOUHAITONS NOUS MARIER

VLAF
VLAF
LE TEMPS NOUS MANQUE...
JE NE PEUX ME PERMETTRE DE FAIRE UNE SIESTE...
GRATTE
GRATTE
DIS
POURQUOI TU TAILLES CE BOUT DE BOIS DES DEUX CÔTÉS ?
SMILE
TU NE VAS PAS LES AIDER À RÉCOLTER ?
JE NE CROIS PAS QU'ILS AIENT BESOIN DE MOI
AH BON

SCRUTE
SCRUTE
SCRUTE
SCRUTE
JE VAIS LES PLANTER DANS LE CANAL
PLEIN ?
DE QUOI LEUR METTRE LE PLUS POSSIBLE DE BÂTONS DANS LES ROUES
Ah bon
ATTENTION …
JE CROIS QUE TA MAÎTRESSE TE CHERCHE
OUAAH !
TAP
TAP
TAP
TAP

EXCUSEZ-MOI, MESSIRE
HAA
HAA
JE L'AVAIS POURTANT PRÉVENUE DE NE SURTOUT PAS VENIR VOUS DÉRANGER
NON...
ELLE NE M'A PAS DU TOUT DÉRANGE
GRATTE
OCCUPE-TOI UNIQUEMENT DE TES DIFFICULTÉS ACTUELLES
TU N'AS PAS ASSEZ DE MARGE DE MANŒUVRE INTELLECTUELLEMENT POUR POUVOIR TE PRÉOCCUPER DES PROBLÈMES À VENIR
MAIS IL NE FAUT PAS POUR AUTANT ARRÊTER DE RÉFLÉCHIR !
LES GOBELINS ONT PEUT-ÊTRE ENVOYÉ DES GUETTEURS
DONC VIVEZ COMME D'HABITUDE, ILS NE SE DOUTERONT DE RIEN
VRAIMENT ?
J'EN SUIS PRESQUE SÛR

SOUH
C'EST DANS CETTE GRANGE QUE VOUS STOCKEZ LES RÉCOLTES ?
OUI. C'EST UNE CONSTRUCTION EN PIERRES, MAIS ELLE N'EST PAS AUSSI SOLIDE QU'ELLE EN A L'AIR
J'EN AI UN PEU HONTE
IL FAUT DONC ABSOLUMENT TOUT FAIRE POUR ÉVITER QUE LES GOBELINS Y PÉNÈTRENT
L'AVANTAGE, PAR CONTRE, C'EST QU'ON A LA CERTITUDE QU'ILS FERONT TOUT POUR VISER CE BÂTIMENT
QUAND VOUS AUREZ FINI DE FAIRE CE QUE JE VOUS AI DEMANDÉ...
POURREZ-VOUS VOUS OCCUPER DE RANGER LÀ-BAS LA CLÔTURE ET LES PIEUX ?
BIEN SÛR, SI CELA PEUT RENDRE SERVICE...
CAR RIEN NE DIT QUE JE POURRAI LE FAIRE MOI-MÊME

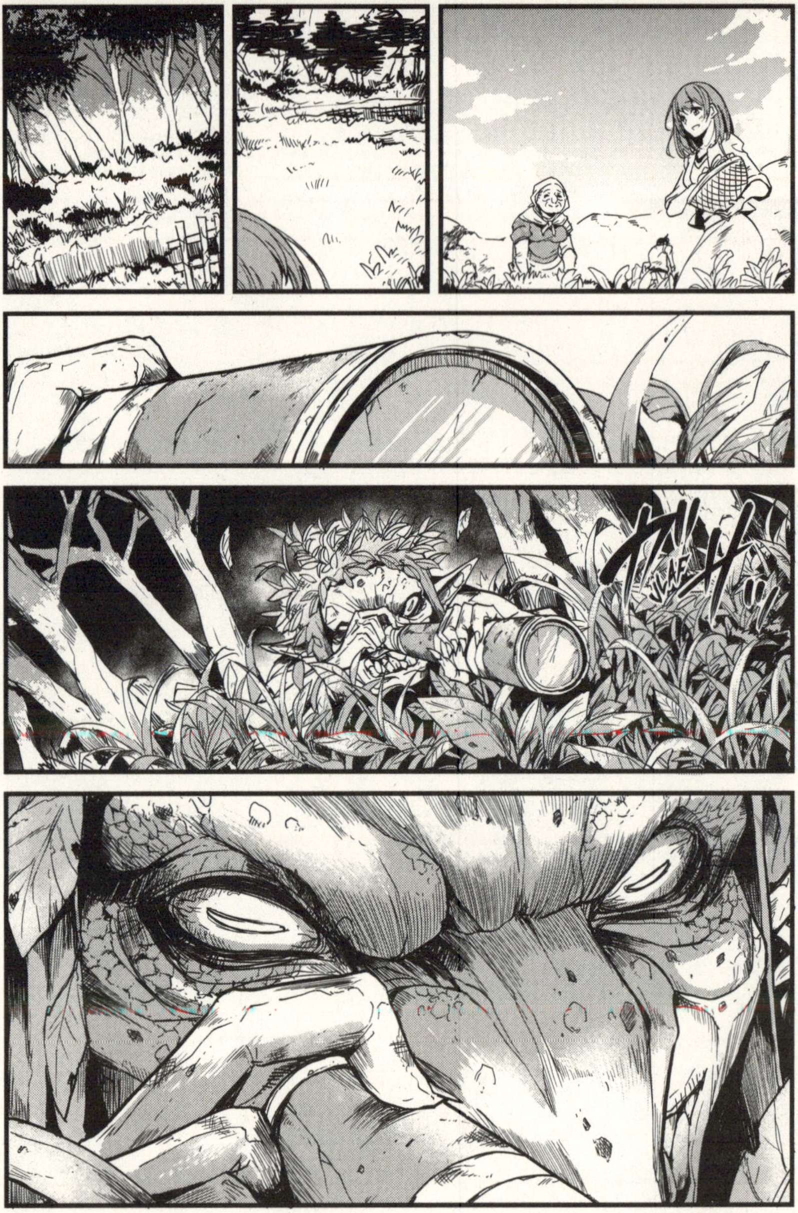
VLAF

MESSIRES, MESDEMOISELLES !
POUR LA QUÊTE CONCERNANT LE DÉVOREUR DE ROCHES...
C'EST ICI QUE L'ON S'INSCRIT !
BROUHA
INSCRIS-MOI
NOUS NOUS Y RENDRONS AUSSI, MOI ET MON GROUPE
BROUHA
OUI !
ALORS... SIGNEZ ICI, S'IL VOUS PLAÎT
UNE FOIS TERMINÉ, EUH...
C'EST PAS LE FORMULAIRE DE CONSENTEMENT QU'IL FAUT SIGNER ENSUITE, POUR DÉCHARGER LA GUILDE DE TOUTE RESPONSABILITÉ AU CAS OÙ DEUX GROUPES SE DISPUTENT LA VICTOIRE ?
AH OUI !
C'EST ÇA !
DÉSOLÉE !
EST-IL NORMAL QUE CE SOIT À MOI DE M'OCCUPER DE CES MISSIONS DE GRANDE ENVERGURE, METTANT EN CONCURRENCE PLUSIEURS GROUPES D'AVENTURIERS ?

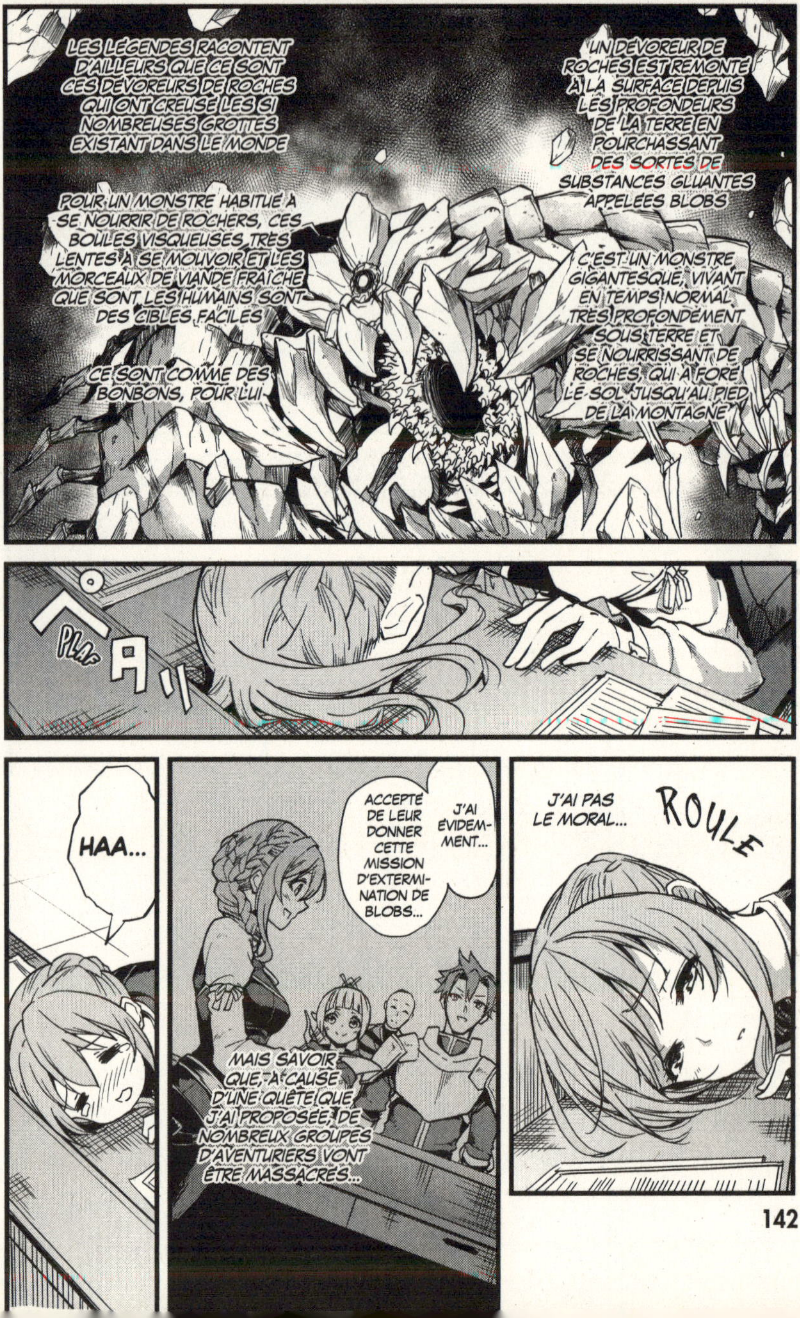

UN DÉVOREUR DE ROCHES EST REMONTÉ À LA SURFACE DEPUIS LES PROFONDEURS DE LA TERRE EN POURCHASSANT DES SORTES DE SUBSTANCES GLUANTES APPELÉES BLOBS
C'EST UN MONSTRE GIGANTESQUE, VIVANT EN TEMPS NORMAL TRÈS PROFONDÉMENT SOUS TERRE ET SE NOURRISSANT DE ROCHES, QUI A FORÉ LE SOL JUSQU'AU PIED DE LA MONTAGNE
LES LÉGENDES RACONTENT D'AILLEURS QUE CE SONT CES DÉVOREURS DE ROCHES QUI ONT CREUSÉ LES SI NOMBREUSES GROTTES EXISTANT DANS LE MONDE
POUR UN MONSTRE HABITUÉ À SE NOURRIR DE ROCHERS, CES BOULES VISQUEUSES TRÈS LENTES À SE MOUVOIR ET LES MORCEAUX DE VIANDE FRAÎCHE QUE SONT LES HUMAINS SONT DES CIBLES FACILES
CE SONT COMME DES BONBONS, POUR LUI
ペタリ
PLAF
J'AI PAS LE MORAL...
ROULE
J'AI ÉVIDEMMENT...
ACCEPTÉ DE LEUR DONNER CETTE MISSION D'EXTERMINATION DE BLOBS...
MAIS SAVOIR QUE, À CAUSE D'UNE QUÊTE QUE J'AI PROPOSÉE, DE NOMBREUX GROUPES D'AVENTURIERS VONT ÊTRE MASSACRÉS...
HAA...

AH LÀ LÀ...
MOI QUI CROYAIS QUE TU T'ÉTAIS ENFIN HABITUÉE, VOILÀ QUE TU REPLONGES
SOIS PLUS FORTE, QUOI !
OUI
MAIS ÇA NE VOUS PRÉOCCUPE PAS, VOUS ?
VOUS NE VOUS DEMANDEZ PAS SI LEURS MISSIONS SE PASSENT BIEN ?
UN PEU, SI, MAIS SE FAIRE AUTANT DE MOURON POUR EUX NE CHANGERA RIEN
CERTES
Haaa...
ZIARK
ALLEZ, DIS-MOI...
LA RÉALITÉ, C'EST QU'UN DES AVENTURIERS TE PLAÎT, C'EST ÇA ?
ÇA N'A RIEN À VOIR !
BREF, TU M'EN PARLERAS UN AUTRE JOUR, SI TU VEUX
EN TOUT CAS, JE COMPRENDS MIEUX, MAINTENANT
MAIS C'EST PAS ÇA, JE VOUS DIS !

VRAI OU NON, SACHE QU'IL NE FAUT SURTOUT PAS AVOIR TROP D'EMPATHIE POUR LES AVENTURIERS
ALLEZ, AU BOULOT
ÇA, JE VEUX BIEN LE CROIRE
LE TRAVAIL, C'EST LE TRAVAIL
IL FAUT TOUJOURS RESTER DIGNE QUAND ON DIT AU REVOIR AUX AVENTURIERS...
MADEMOI-SELLE
AH !
MAIS !
JE !
GLOUPS
OUI ?
SNIF
ÇA SENT L'ALCOOL...

JE VEUX Y ALLER, MOI AUSSI
JE VEUX LE COMBATTRE
LAISSEZ-MOI M'Y RENDRE
SI JE ME RAPPELLE BIEN, CE GARÇON EST...
E...
EUH...
J'AI DES TONNES DE CHOSES À LUI DIRE...
POUR AUTANT, JE N'AI PAS À M'IMMISCER DANS SON CHOIX...
GYOUH

C'EST SA LIBERTE ET SA RESPONSABILITE DE CHOISIR S'IL PARTICIPE OU NON À UNE QUÊTE
SI LE NIVEAU DE LA QUÊTE CORRESPOND À SON RANG, CELA NE POSE AUCUN PROBLÈME
SAUF QU'IL EST SEUL
IL N'A PAS DE GROUPE
CET AVENTURIER N'EST EFFECTIVEMENT QU'AU DIXIÈME RANG
CELUI DE PORCELAINE. MAIS POUR CETTE MISSION, TOUS LES NIVEAUX SONT ACCEPTÉS
VOUS ÊTES SÛR QUE CELA IRA ?
OUI
...
C'EST BON...
J'AI ENTENDU VOTRE CONVERSATION
CLANG
AU FOND DE MOI, JE MEURS D'ENVIE DE L'EN EMPÊCHER, MAIS...
POURQUOI ACCEPTERAIS-JE DE LE LAISSER LUI PARTIR SEUL...
ET PAS CELUI QUI SE TROUVE DEVANT MOI ?

ZOUH
C'EST SA LIBERTÉ ET SA RESPONSABILITÉ DE CHOISIR S'IL PARTICIPE OU NON À UNE QUÊTE
...
MERCI
MADEMOISELLE ?
LES AVENTURIERS SONT RESPONSABLES DE LEURS ACTES...
DE MON CÔTÉ, J'AI JUSTE À FAIRE MON TRAVAIL...

SOUH
TRÈS BIEN
JE VOUS CONFIE CETTE MISSION

GOBLIN SLAYER YEAR ONE

GOBLIN SLAYER YEAR ONE

CHAPITRE 12
NYOH
KYAAH
...

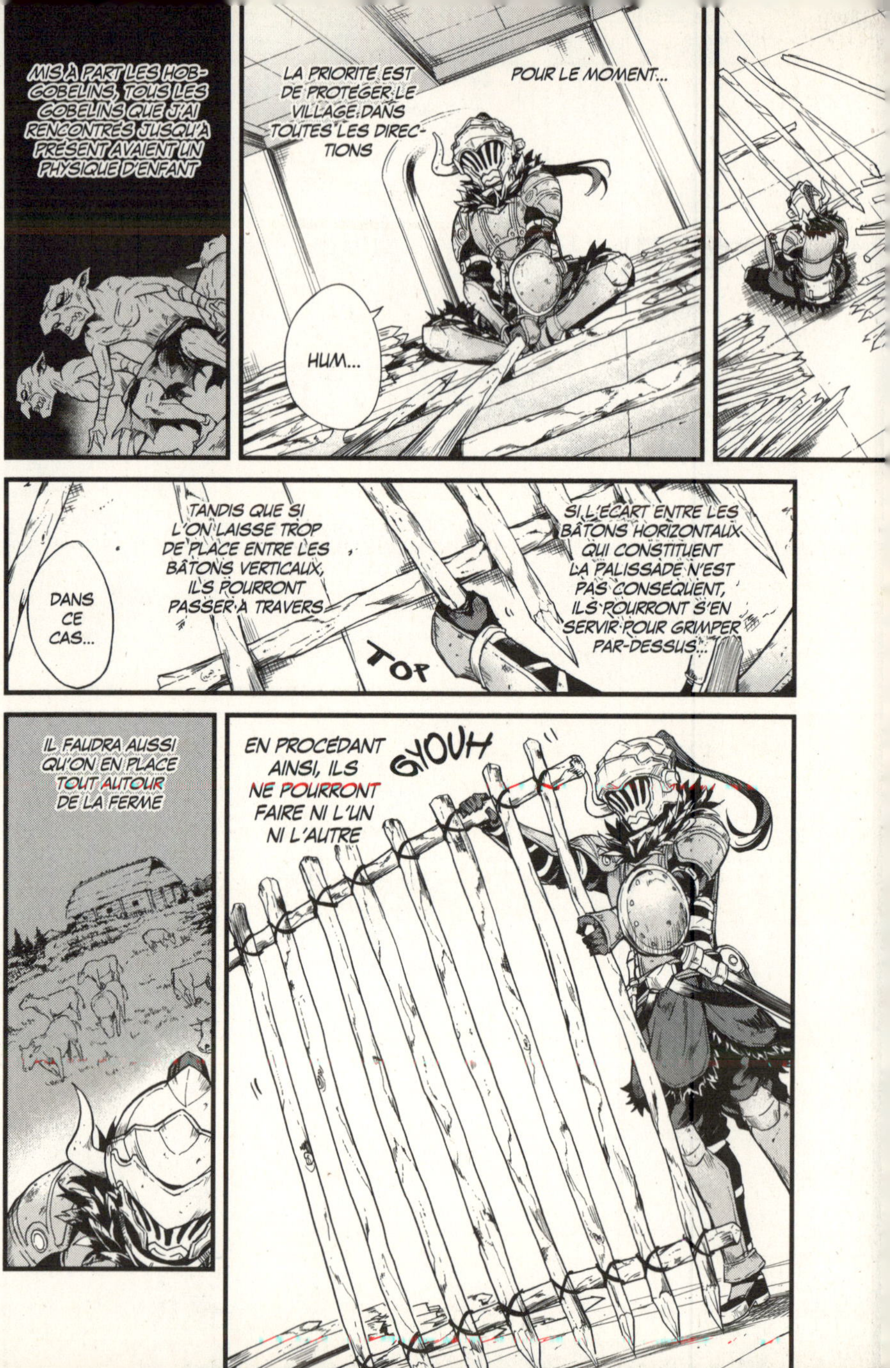
POUR LE MOMENT...
LA PRIORITÉ EST DE PROTÉGER LE VILLAGE DANS TOUTES LES DIRECTIONS
HUM...
MIS À PART LES HOBGOBELINS, TOUS LES GOBELINS QUE J'AI RENCONTRÉS JUSQU'À PRÉSENT AVAIENT UN PHYSIQUE D'ENFANT
SI L'ÉCART ENTRE LES BÂTONS HORIZONTAUX QUI CONSTITUENT LA PALISSADE N'EST PAS CONSÉQUENT, ILS POURRONT S'EN SERVIR POUR GRIMPER PAR-DESSUS...
TOP
TANDIS QUE SI L'ON LAISSE TROP DE PLACE ENTRE LES BÂTONS VERTICAUX, ILS POURRONT PASSER À TRAVERS
DANS CE CAS...
GYOUH
EN PROCÉDANT AINSI, ILS NE POURRONT FAIRE NI L'UN NI L'AUTRE
IL FAUDRA AUSSI QU'ON EN PLACE TOUT AUTOUR DE LA FERME

NON...
GLOUP
GLOUP
JE N'AI PAS LE TEMPS DE M'OCCUPER DES PROBLÈMES ULTÉRIEURS
LES GOBELINS ENVERRONT FORCÉMENT QUELQU'UN POUR NOUS GUETTER
IL FAUT ORGANISER LE TOUR DE GARDE
LES SOIRS OÙ LE CIEL EST SUFFISAMMENT DÉGAGÉ, IL FAIT GÉNÉRALEMENT BEAU LE LENDEMAIN
MAIS SI LE SOLEIL COUCHANT EST PLUS SOMBRE QUE D'HABITUDE, C'EST LA PREUVE QU'IL PLEUVRA LE JOUR SUIVANT
IL PLEUVRA

PSHAA
COMMENT SE PASSE LA RÉCOLTE ?
ZAAH
ZAAH
NOUS AURONS TERMINÉ DEMAIN MIDI
DONC TOUT SE PASSE COMME PRÉVU
ON DEVRAIT MIEUX S'EN TIRER QUE LORS DE L'ASSAUT IL Y A CINQ ANS...
OÙ LES MONSTRES AVAIENT DÉTRUIT NOS CHAMPS ET BRÛLÉ NOTRE VILLAGE
OUI...
J'IMAGINE
FORCÉMENT, T'ES UN AVENTURIER !
HA HA

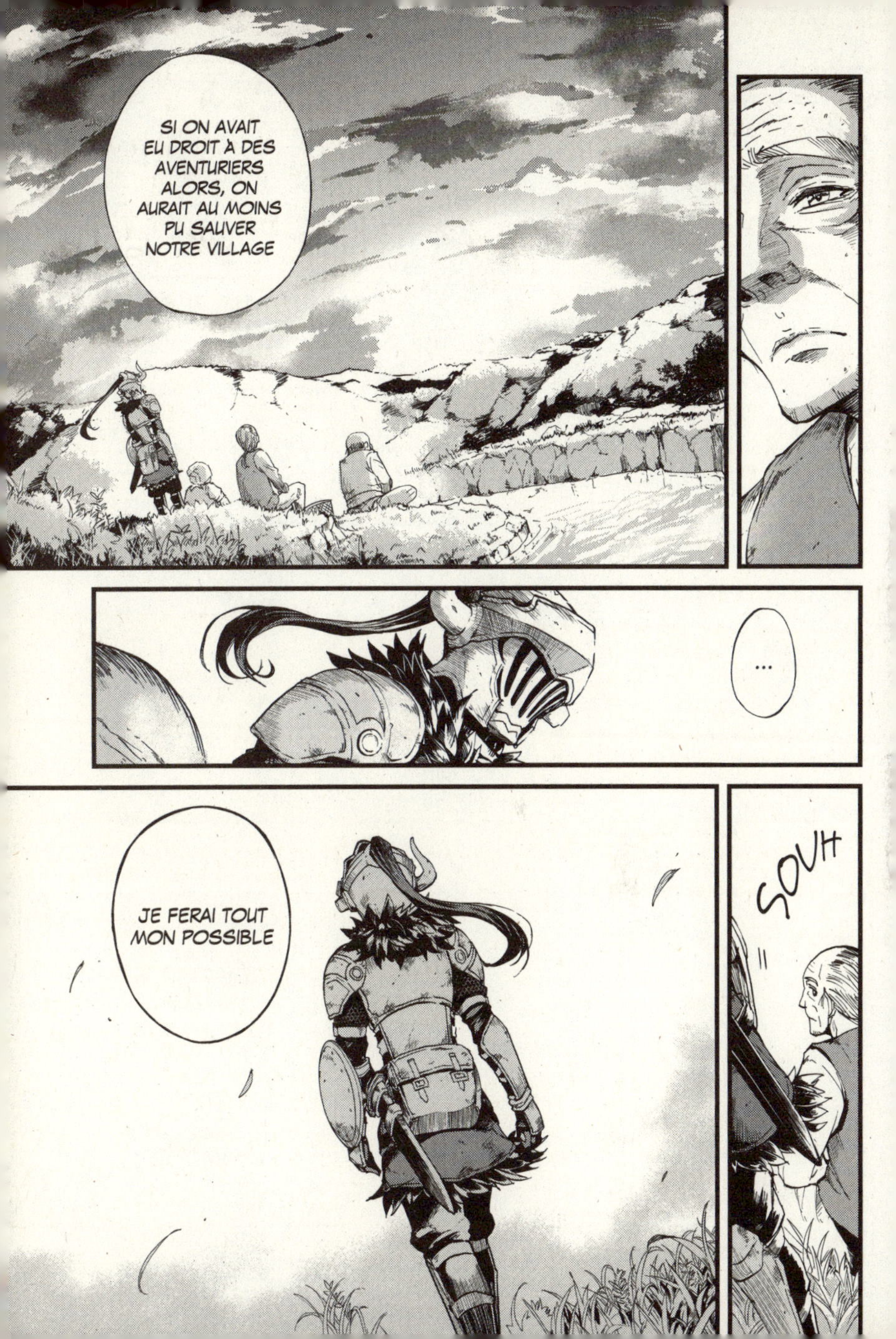
SI ON AVAIT EU DROIT À DES AVENTURIERS ALORS, ON AURAIT AU MOINS PU SAUVER NOTRE VILLAGE
...
JE FERAI TOUT MON POSSIBLE
SOUH

BROUHA
BROUHA

BIEN, ÉCOUTEZ-MOI !
L'ENNEMI SE TROUVE AU FOND DE CETTE GROTTE !
VLAF
DONC...
NOUS DEVRONS TENTER DE L'ASSAILLIR DE TOUTES PARTS !
PEUH !
ÉCOUTE-MOI CE RANG DE BRONZE ET SES BELLES PAROLES

ON DEVINE QUE CE TYPE N'A CONNU QUE DES BATAILLES URBAINES !
IL A L'AIR DE SAVOIR BIEN SE MOUVOIR, PAR CONTRE
BREF, QU'IMPORTE...
JE ME DEMANDE...
SI ON Y ARRIVERA AVEC ÇA...
J'AURAIS AIMÉ AVOIR AU MOINS UN OU DEUX TONNEAUX D'HUILE AVEC NOUS
PARCE QU'IL Y A AUSSI DES BLOBS, SI JE NE ME TROMPE PAS
TOP
ABRUTI !

ZAAH
TU VEUX FOUTRE LE FEU DANS UN LIEU AUSSI ÉTROIT ET AVEC AUTANT DE MONDE AUTOUR DE TOI ?
ON Y PASSERAIT TOUS !
ET PUIS N'OUBLIE PAS QUE C'EST LE PROPRIÉTAIRE DE LA MINE QUI NOUS PAIE
IL PLEURERAIT SI ON LUI ABÎMAIT SON GAGNE-PAIN
ET ALORS ? EST-CE QU'IL Y AVAIT VRAIMENT BESOIN D'ENVOYER TOUT CE MONDE ICI POUR ÇA ?
FAIS ATTENTION À TON ENTOURAGE
TON VOISIN PEUT TE SAUVER LA VIE À TOUT MOMENT
ÉVIDEMMENT !
QUELLE CHANCE J'AI DE POUVOIR M'ABREUVER DES PAROLES D'UN VÉRITABLE CHEF DE GROUPE !
NE TE MOQUE PAS DE MOI !
ZAAH ZAAH
ÉCOUTEZ-MOI !
IL VOUS SUFFIRA D'AGIR EXACTEMENT COMME L'AUTRE FOIS, LORS DE LA MISSION D'EXTERMINATION DES GOBELINS
T'INQUIÈTE, ON SAIT !

ÉCONOMISE BIEN TES SORTS
CAR SI LES BLOBS SONT PEU DANGEREUX, CE N'EST PAS LE CAS DU DÉVOREUR DE ROCHES
T...
TRÈS BIEN !
ZAAH
PLOP
PAAH
TOUT VA BIEN DE TON CÔTÉ ?
ÇA VA
GYOUH
OÙ EST MON CASQUE, D'AILLEURS ?
OUI, TU FERAIS MIEUX DE LE METTRE
HÉ, METTEZ VOS CASQUES, VOUS AUSSI
TOUT DE SUITE !

B-AM
PLOF
KEM...
T'ES INCORRIGIBLE
DEPUIS QUAND ON MET SES GANTS AVANT LE CASQUE ?!
HAA...
OH LA FERME ! ÇA ARRIVE À TOUT LE MONDE DE SE TROMPER D'ORDRE !
SAUF QUE C'EST TOUT LE TEMPS LE CAS, AVEC TOI
HUMPH...
BREF, QU'IMPORTE. LAISSE-TOI FAIRE
ET POURQUOI TU TE LAISSES TANT POUSSER LES CHEVEUX ? C'EST PLUS UNE GÊNE QU'AUTRE CHOSE
C'EST LE STRICT MINIMUM POUR UNE FEMME...
DÉSOLÉE D'EN ÊTRE UNE
VRAIMENT ?
BAM
ET DE TON CÔTÉ ?
ÇA VA ALLER ?

OUI
TU N'EN ES PAS À TA PREMIÈRE AVENTURE, À CE QUE JE VOIS
J'AI DÉJÀ FAIT QUELQUES SÉANCES D'EXTERMINATION DE GOBELINS
DES GOBELINS ...
NE LE LANCE PAS SUR CE SUJET
POURQUOI DONC ?
NE RIGOLE PAS, CAR IL LE PREND MAL
L'AUTRE JOUR, LORS D'UNE QUÊTE DE GOBELINS...
IL LUI A PRIS LA MAUVAISE IDÉE DE FAIRE TOURNOYER SON IMMENSE ÉPÉE DANS L'ÉTROITE GROTTE ET...

BAM
EN PARLANT DE GOBELINS, JE NE VOIS PAS L'AUTRE EXCENTRIQUE
QUI ?
CELUI QUI N'A QUE LE MOT « GOBELIN » À LA BOUCHE
SOUIT
AH OUI...
IL EST PROBABLEMENT EN TRAIN D'EN DÉCOUPER QUELQUES-UNS EN CE MOMENT MÊME
WHOUU...

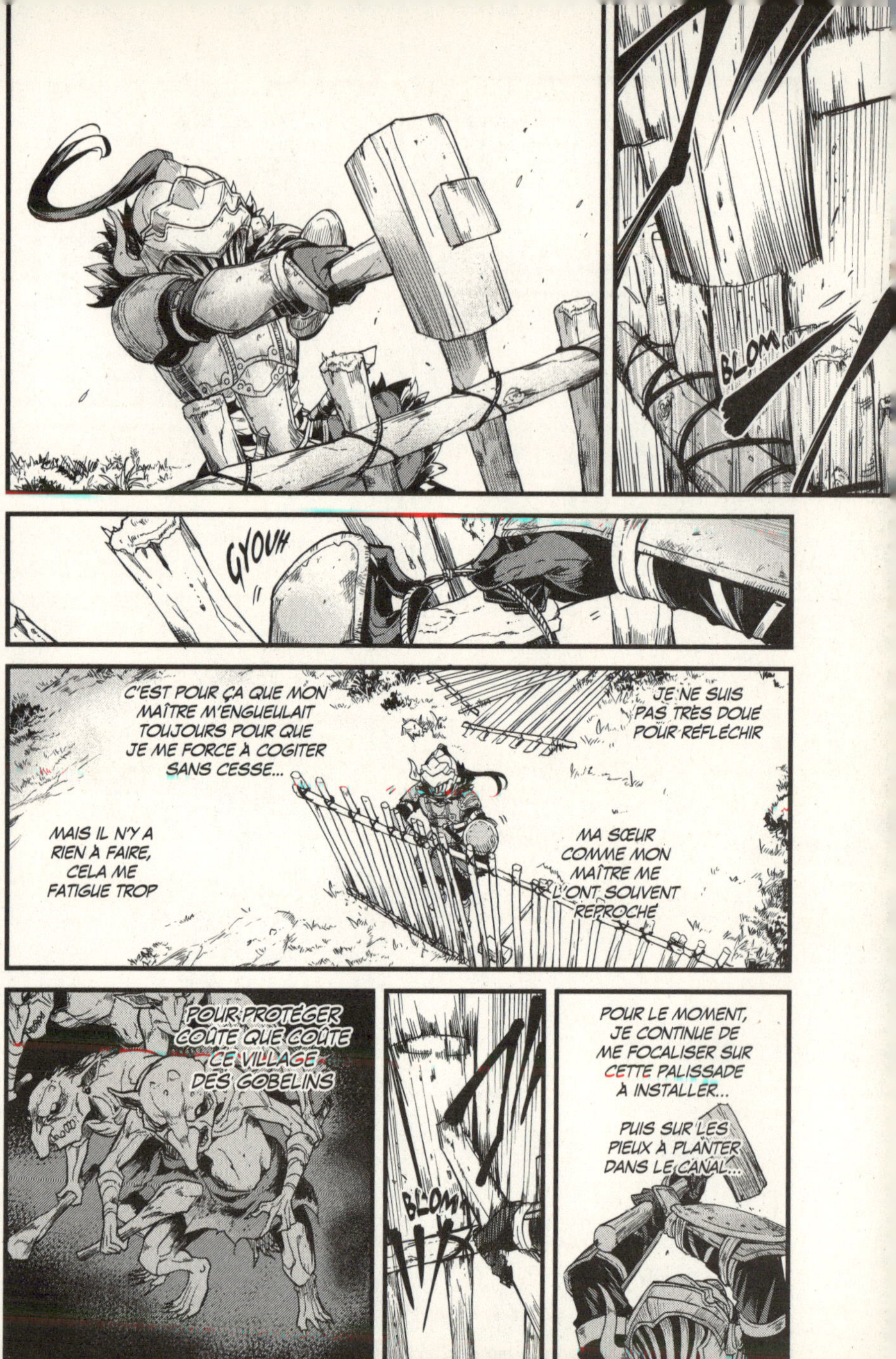
BLOM
GYOUH
JE NE SUIS PAS TRÈS DOUÉ POUR RÉFLÉCHIR
MA SŒUR COMME MON MAÎTRE ME L'ONT SOUVENT REPROCHÉ
C'EST POUR ÇA QUE MON MAÎTRE M'ENGUEULAIT TOUJOURS POUR QUE JE ME FORCE À COGITER SANS CESSE...
MAIS IL N'Y A RIEN À FAIRE, CELA ME FATIGUE TROP
POUR LE MOMENT, JE CONTINUE DE ME FOCALISER SUR CETTE PALISSADE À INSTALLER...
PUIS SUR LES PIEUX À PLANTER DANS LE CANAL...
BLOM
POUR PROTÉGER COÛTE QUE COÛTE CE VILLAGE DES GOBELINS

BLOM
LES GOBELINS
LES GOBELINS
BLOM
LES GOBELINS
LES GOBELINS
LES GOBELINS
LES GOBELINS
BLOM
LES GOBELINS

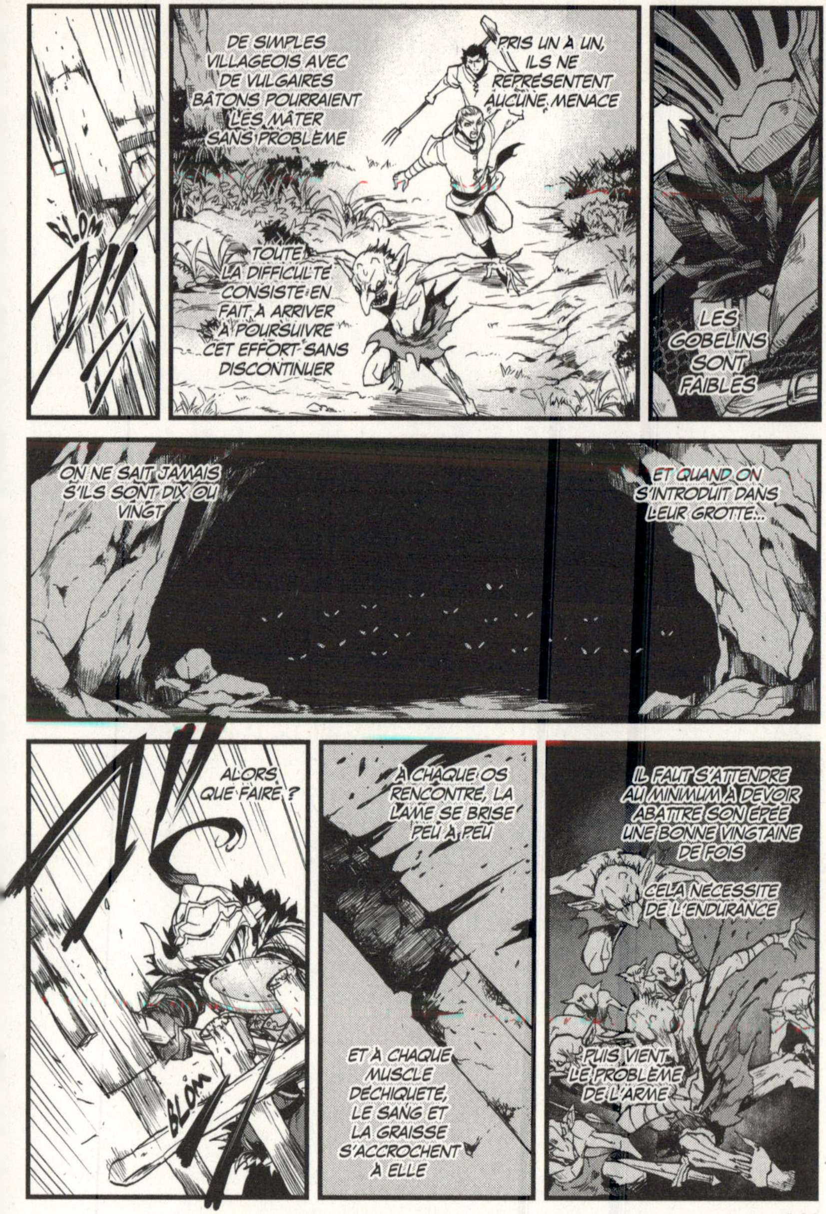

BLÔM
DE SIMPLES VILLAGEOIS AVEC DE VULGAIRES BÂTONS POURRAIENT LES MÂTER SANS PROBLÈME
PRIS UN À UN, ILS NE REPRÉSENTENT AUCUNE MENACE
TOUTE LA DIFFICULTÉ CONSISTE EN FAIT À ARRIVER À POURSUIVRE CET EFFORT SANS DISCONTINUER
LES GOBELINS SONT FAIBLES
ON NE SAIT JAMAIS S'ILS SONT DIX OU VINGT
ET QUAND ON S'INTRODUIT DANS LEUR GROTTE...
ALORS, QUE FAIRE ?
BLÔM
À CHAQUE OS RENCONTRÉ, LA LAME SE BRISE PEU À PEU
ET À CHAQUE MUSCLE DÉCHIQUETÉ, LE SANG ET LA GRAISSE S'ACCROCHENT À ELLE
IL FAUT S'ATTENDRE AU MINIMUM À DEVOIR ABATTRE SON ÉPÉE UNE BONNE VINGTAINE DE FOIS
CELA NÉCESSITE DE L'ENDURANCE
PUIS VIENT LE PROBLÈME DE L'ARME

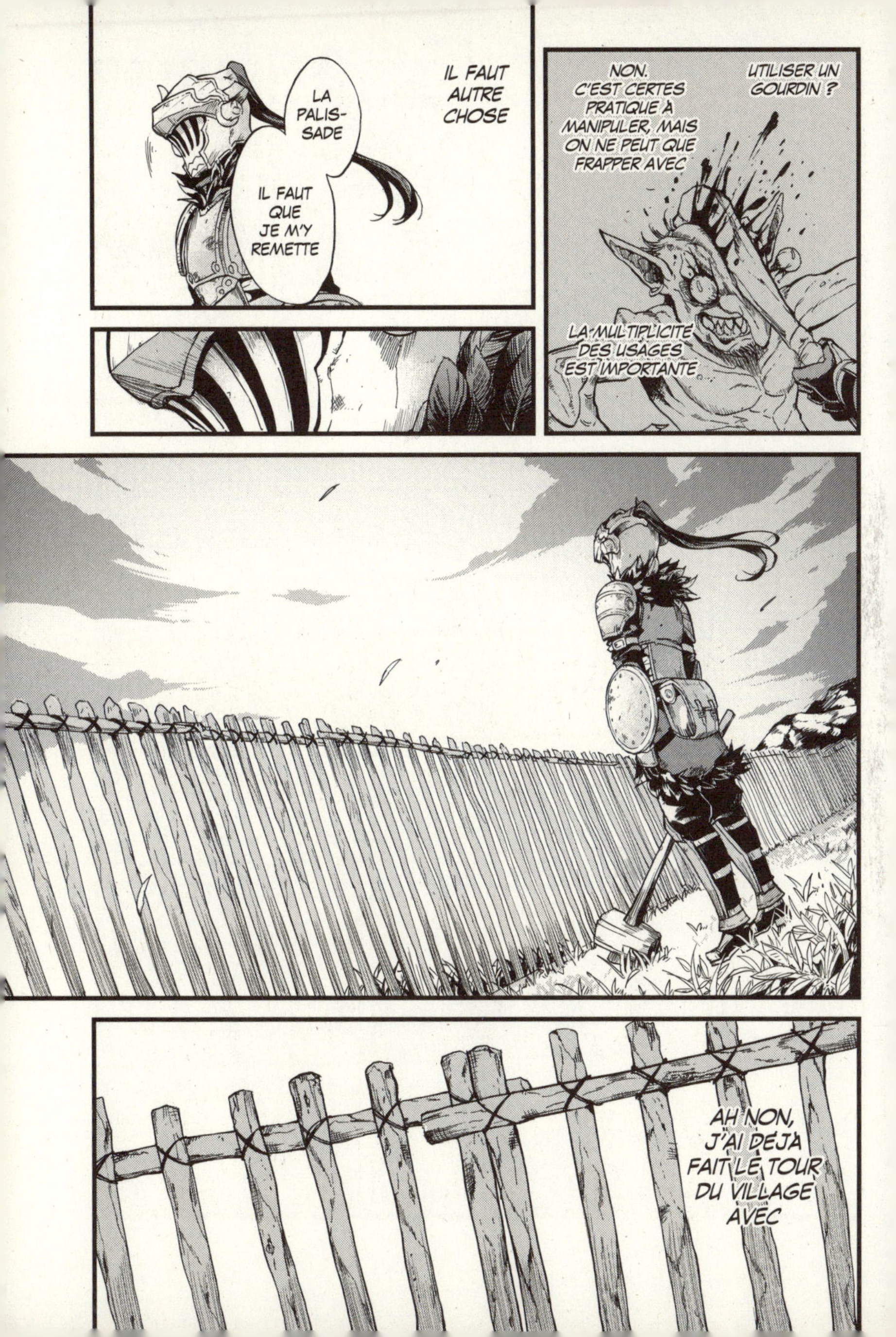
UTILISER UN GOURDIN ?
NON. C'EST CERTES PRATIQUE À MANIPULER, MAIS ON NE PEUT QUE FRAPPER AVEC
LA MULTIPLICITÉ DES USAGES EST IMPORTANTE
IL FAUT AUTRE CHOSE
LA PALIS-SADE
IL FAUT QUE JE M'Y REMETTE
AH NON, J'AI DÉJÀ FAIT LE TOUR DU VILLAGE AVEC

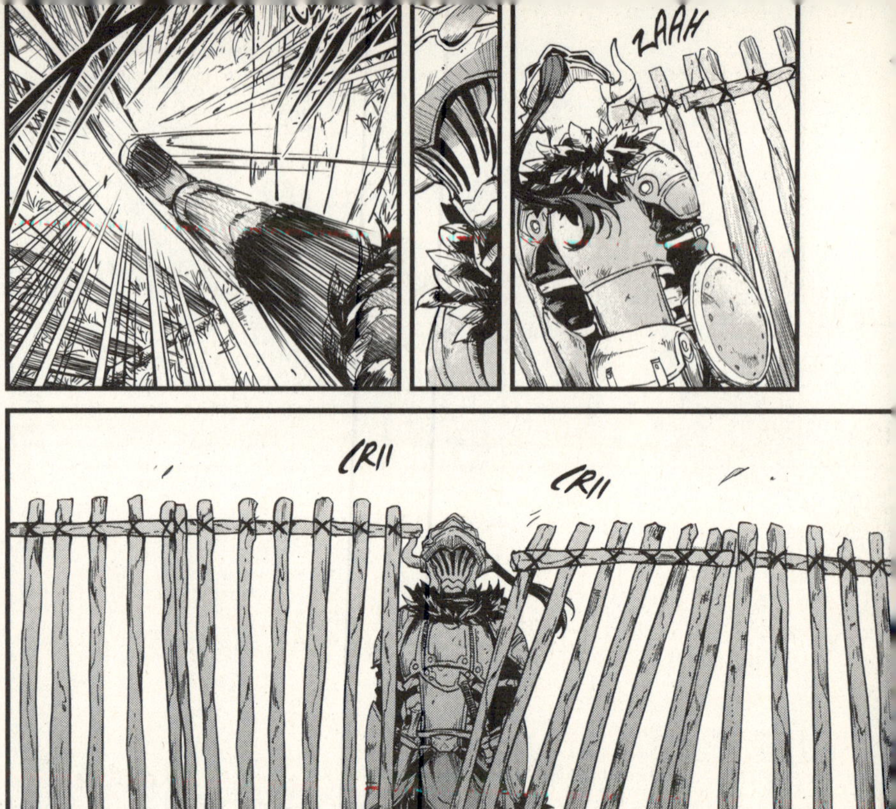
ZAAH
CRII
CRII
VOILÀ CE QU'IL ME FAUT !

FRRT
FRRT
FRRT
FORMEZ DES RANGS EN VOUS ÉCARTANT LE PLUS POSSIBLE LES UNS LES AUTRES
LE DÉVOREUR DE ROCHES PEUT SURGIR DE N'IMPORTE OÙ
SI L'ON EST TROP PROCHES LES UNS LES AUTRES, IL FERA UN MASSACRE DANS NOS RANGS
IL FAUT NOUS ÉCARTER, TOUT EN RESTANT SUFFISAMMENT PROCHES POUR POUVOIR INTERVENIR S'IL FAUT SAUVER UN CAMARADE
NE BAISSEZ PAS LA GARDE
NOUS AVONS DÉJÀ PÉNÉTRÉ SON TERRITOIRE

TU AS L'AIR SACRÉMENT EXPÉRIMENTÉ, DIS-MOI
TSS, ÉVIDEMMENT
JE SUIS UN ÉCLAIREUR RANG D'ACIER
NE ME METTEZ PAS DANS LE MÊME SAC QUE VOUS, LES PORCELAINES
RANG D'ACIER ? DEUX NIVEAUX AU-DESSUS DE NOUS ?
EXACT
DONC J'ATTENDS DE VOUS QUE VOUS M'ÉCOUTIEZ
STOP !
CLAP
GROOM

IL ARRIVE !!
JE VEUX BIEN TE CROIRE !
MAIS D'OÙ ?!
GROOM
GROOM
GROOM
GROOM
CRIIC
VOM

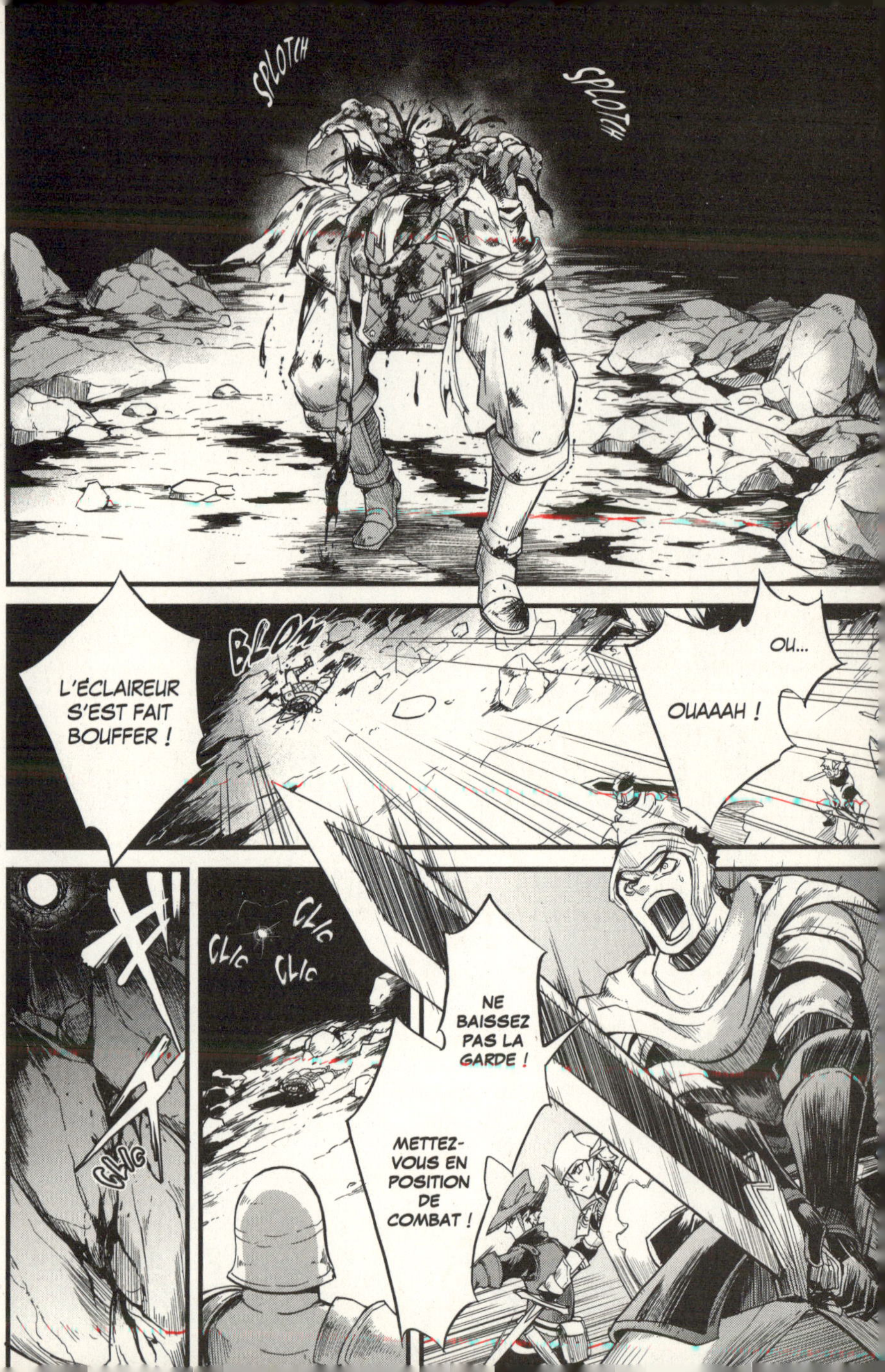
SPLOTCH
SPLOTCH
BLOM
L'ÉCLAIREUR S'EST FAIT BOUFFER !
OU...
OUAAAH !
CLIC
CLIC
CLIC
CLIC
NE BAISSEZ PAS LA GARDE !
METTEZ-VOUS EN POSITION DE COMBAT !

LE DÉVOREUR DE ROCHES !!

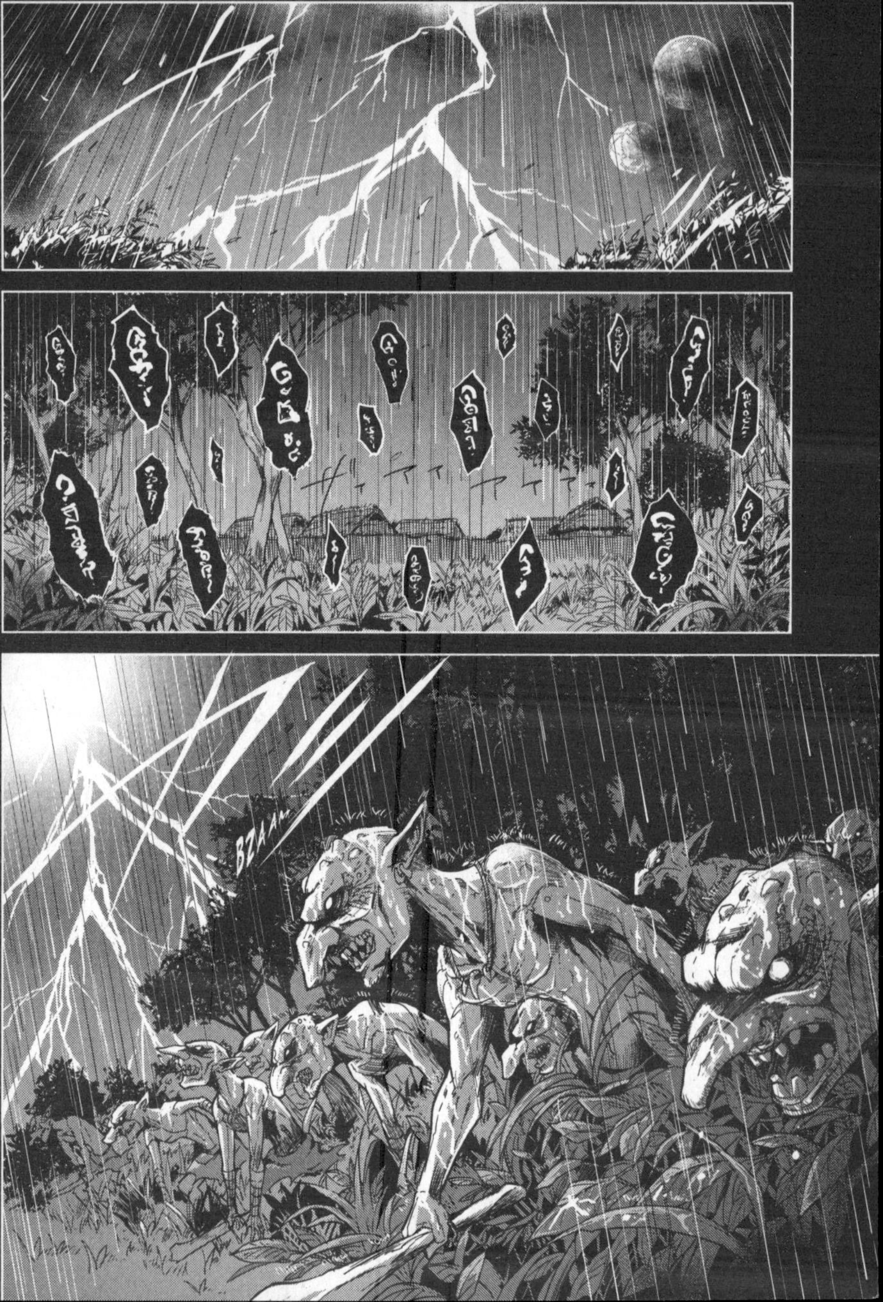
BZAAM

GNNK
BLOM
DOM
SPLOTCH
DAM
DOM
PSHAAA

SPLASH
BYONG
NIIH
CRII

J'AI FAIT DU MIEUX QUE J'AI PU
JE PENSE N'AVOIR RIEN LAISSÉ AU HASARD
TPSHAAAA
LA QUESTION N'EST PAS DE SAVOIR SI C'EST POSSIBLE OU NON...
LES ÉMOTIONS NOUS AVEUGLENT
VIDE-TOI DE TES ÉMOTIONS INUTILES
CALME-TOI
CALME-TOI
BLOM

MAIS D'AGIR OU NON
BLOM

BLOM
ÇA, C'EST LA RÉALITÉ
SI JE NE SUIS PAS RÉALISTE...
JE MOURRAI

BLOM
PLUS J'EN TUERAI, MOINS J'AURAI DE POSSIBILITÉS DE MOURIR
ÇA, C'EST LA RÉALITÉ
PSHAAA

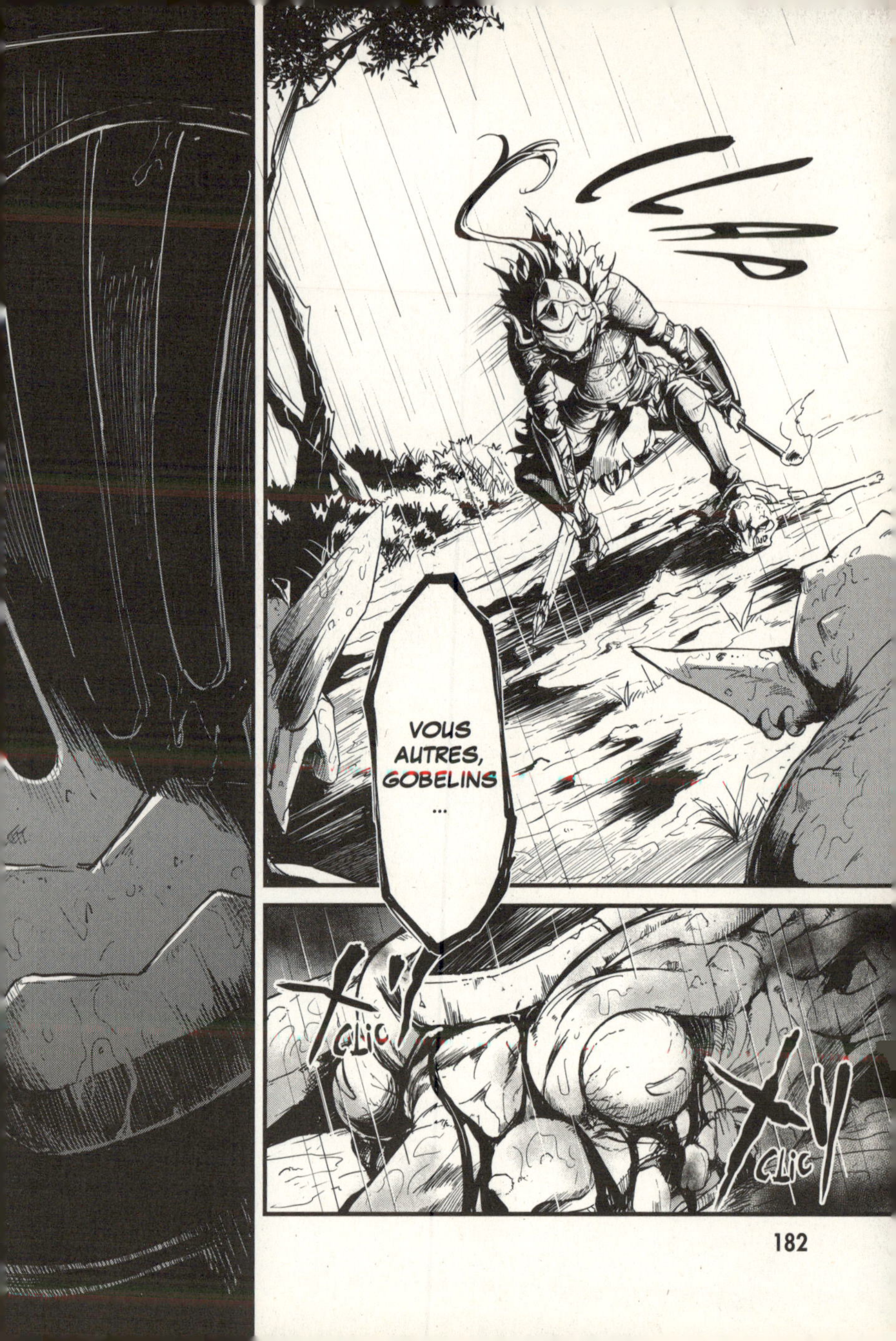
VOUS AUTRES, GOBELINS ...
CLIC
CLIC

ÊTES CONDAM-NÉS À MOURIR !
Goblin Slayer : Year one 2 – FIN

Interlude : Pourquoi devrais-je être la seule à me couper les cheveux ?

Kumo Kagyu

— Dis-moi, entama la jeune fille après avoir réuni tout son courage. Et si tu te coupais les cheveux ?

— Pourquoi donc ? répondit-il sans aucun temps mort.

Elle ressentit un court instant l'envie de se cacher sous la table, mais parvint à ne pas se dégonfler.

Ce matin, au réveil, elle s'était promis de tout lui dire avec franchise.

En face d'elle était assis son ami d'enfance, avec son casque engoncé sur la tête comme à l'accoutumée. Ses deux cornes avaient été brisées.

Même pour la Vachère, pourtant désormais familiarisée, le sentiment d'oppression ressenti était toujours aussi intense lorsqu'il vous dévisageait à travers sa visière sans que l'on puisse lire l'expression de son visage.

Il ne fallait cependant surtout pas céder. Se rebiffant, la jeune fille dit :

— Tu ne trouves pas qu'ils ont trop poussé ?

— Hum…

— Et puis, elle doit te tenir sacrément chaud, cette tignasse.

— Ah bon ?

— Elle ne te dérange pas ?

— Pas tant que ça.

— Vraiment ?

Elle sentit toute sa hardiesse se ramollir.

À côté de la jeune fille, dont la tête et les épaules baissées résumaient bien son humeur, se tenait son oncle qui venait d'entrer dans la cuisine.

Après un léger toussotement, il dit :

— Chez moi, je n'aime pas les gens qui ne respectent pas les standards minimums de propreté.

— Vraiment ?

La jeune fille leva la tête brusquement. Elle s'étonna de l'attitude plus sérieuse dont il faisait montre quand ce n'était pas à elle qu'il s'adressait.

Elle lança un regard à son oncle pour lui faire comprendre son sentiment d'injustice. Il l'interpréta aussitôt et afficha un sourire amer.

L'âge ingrat, doit-il se dire. Encore une belle excuse d'adulte.

Il n'y a pourtant rien de si difficile.

Elle trouvait juste cela injuste qu'elle se soit, elle, coupé les cheveux et que lui les laisse pousser. Elle tenait tellement à ce qu'il se les coupe.

Mais cette envie, qui la tenaillait et qu'elle se sentait incapable d'expliquer par des mots, la tourmenta longtemps en tournoyant sans cesse dans sa tête.

— Très bien…

Elle n'eut pas le courage d'afficher avec franchise sur son visage les sentiments qu'elle ressentit au moment où il lâcha ces mots après quelques secondes :

— S'il faut les couper, je le ferai.

Bien, pensa-t-elle d'un air satisfait, approuvant son choix d'un hochement de la tête.

— Je peux te demander de le faire pour moi ?

— Hein ?

***

Je trouve ça lâche de prendre les gens par surprise comme ça.

Le ciel était bleu, ce jour-là. À l'extérieur de la maison, elle posa une chaise empruntée dans la cuisine et elle le fit s'asseoir dessus.

Devant elle se trouvait la tête du jeune homme dont le corps avait été recouvert d'un drap et dont la tête était un peu penchée en l'arrière. Ses cheveux avaient fortement poussé.

— Euh, tu sais, je n'ai encore jamais coupé les cheveux de quelqu'un d'autre que moi, expliqua-t-elle avec timidité.

Le jeune homme répondit d'un simple « ah bon ? » de son ton habituel.

Là encore, il lui fut difficile de savoir s'il s'en moquait éperdument ou non.

— Je te fais confiance.

— Confiance…

Bon. Il lui faisait confiance, paraît-il. Sa seule réaction fut de hocher la tête.

— Bon, eh bien on va commencer par mouiller un peu tout ça.

Elle trempa ses deux mains dans le seau qu'elle avait préalablement rempli d'eau et imprégna les cheveux du guerrier avec.

La sensation offerte par ce geste était encore différente de celles ressenties avec les poils de vache et de cheval.

C'est plus proche du poil de chien, je dirais.

Le chien de berger. Elle se remémora l'existence d'un tel chien au village, autrefois. En y repensant aujourd'hui, elle se dit qu'il ressemblait en réalité plus à un chien de garde ou un chien de chasse qu'autre chose.

C'est vrai qu'il faisait peur…

Mais ce souvenir eut au moins le mérite de lui faire esquisser un sourire du coin des lèvres. Ce chien lui paraissait aujourd'hui déjà plus sympathique qu'alors.

La nervosité ressentie tout à l'heure n'était désormais plus que de l'histoire ancienne. Elle prenait au contraire un grand plaisir à continuer de lui caresser la tête.

— Tu me chatouilles…

— P… pardon !

Sa protestation n'avait rien d'étonnant. Elle retira immédiatement ses mains de ses cheveux.

Mais qu'est-ce qu'il te prend, voyons !

Éprouvant un nouveau sentiment de honte, elle s'essuya le bout du nez à l'aide d'une de ses manches qu'elle avait relevées.

Elle prit une profonde inspiration. Ses cheveux étaient désormais suffisamment humides, elle pouvait donc s'y mettre.

Elle s'empara des ciseaux et pinça une touffe de cheveux. Il ne restait plus qu'à couper. Juste couper…

— Tu sais, euh… c'est la première fois, et…

— Oui.

— Tu me pardonneras si c'est pas bien fait ?

— Je ne m'en préoccuperai pas.

Comment devait-elle interpréter ses dires ?

Cela la rassurait autant que cela la décevait. Résolue à s'y mettre, elle entama enfin la coupe.

Le bruit des lames de métal se frottant entre elles retentit et une grosse touffe de cheveux s'effondra au sol.

Les coups de ciseaux s'enchaînèrent et un tas de cheveux s'amoncela par terre.

C'est marrant cette impression de tondre un mouton.

Et pourtant, elle n'en avait jamais élevé de sa vie. Elle s'imaginait cependant que cela devait beaucoup y ressembler.

Sur le coup, comparer son ami, qui attendait sagement sa nouvelle coupe, à un animal l'aida à dissiper sa honte.

Mais le plus étrange, pour la jeune Vachère, fut finalement la sensation de bien-être ressentie après lui avoir parlé avec franchise.

— Dis, qu'est-ce qui te plairait comme longueur ?

— Je ne me suis encore jamais posé la question, répondit-il déconcerté. Coupe-les moi juste de façon à ce que je ne ressente plus la chaleur.

— Alors ce sera le plus court possible, dit-elle en s'humectant légèrement les lèvres. Fais-moi confiance !

Une longueur de doigt devrait suffire, je suppose.

Elle savait désormais sur quoi se baser. Il ne restait plus qu'à s'exécuter. Elle manipula ses ciseaux en silence. Les mèches ne cessaient de s'entasser au sol.

Du cou jusqu'au sommet du crâne. Autour des deux oreilles. Conserver constamment dans un coin de la tête une image finale de la coupe de cheveux nécessitait un certain niveau de concentration.

Ce n'est ainsi qu'une fois donné ce qu'elle croyait être le dernier coup de ciseaux, alors qu'elle s'essuyait la sueur du front, qu'elle se rendit compte de son oubli.

— Ah !

— Quoi donc ?

— I… il faut aussi que j'ajuste ta frange.

Elle préféra omettre de dire qu'elle l'avait simplement oublié. Elle se sentit rougir lorsqu'elle dut lui faire face, sans son casque.

Comme s'il avait deviné ce qu'elle ressentait à ce moment précis, il ouvrit la bouche, hésitant :

— Si tu veux, je pourrai le faire moi-même, à l'aide de mon reflet sur une surface d'eau.

— Laisse ! Je m'en occupe ! De suite !

Devant cette résolution, le jeune homme se contenta d'un « ah bon ».

Pleine d'entrain, elle se plaça devant lui et tenta de faire abstraction des battements de son cœur.

Cela ne faisait en effet pas si longtemps qu'elle avait vu son visage pour la dernière fois. Et elle aurait probablement d'autres occasions à l'avenir.

D'un côté, s'il pouvait arrêter de le porter tout le temps, son casque !

Mais cela ne justifiait pas que son cœur batte autant pour lui. Il ne le méritait pas !

Obstinée, elle se plia à cette décision et prit sa tête pour la rapprocher d'elle, comme si elle s'apprêtait à le câliner.

— Bien, je m'y remets.

— Oui.

— Ne le prends pas mal si je me loupe.

— Rassure-toi.

Elle acquiesça, s'empara à nouveau de ses ciseaux et saisit une mèche entre deux doigts.

D'un geste plein d'assurance, elle termina son œuvre.

DANS LE PROCHAIN TOME
OUI...
ÇA VA ALLER...
GROOM
LES AVENTURIERS NOVICES ENGAGENT LE COMBAT CONTRE LE DÉVOREUR DE ROCHES !
QUELLE FIN CONNAÎTRONT-ILS ? JOIE OU TRAGÉDIE ?
FUIS !!

CECI EST L'HISTOIRE DES ORIGINES DU CRÈVE-GOBELINS...
L'ÉPÉE N'EST PAS SA SEULE ARME
GOBLIN SLAYER
YEAR ONE
TUER
À SUIVRE DANS LE TOME 3 !!
GOBELINS !

GOBLIN SLAYER YEAR ONE

GOBLIN SLAYER GAIDEN : YEAR ONE VOL. 2

First published in Japan in 2018 by SQUARE ENIX CO., LTD.
French translation rights arranged with SQUARE ENIX CO., LTD.
and UNIVERS POCHE S.A. through Tuttle-Mori Agency, Inc.

French Translation rights : Éditions Kurokawa
Collection dirigée par : Grégoire Hellot
Traduction : Fabien Nabhan
Lettrage : Sylvie Naddéo-Deloche

ISBN : 978-2-368-52826-6

MIXTE
Papier issu de sources responsables
FSC® C003309

Kurokawa, une marque d'Univers Poche, est un éditeur qui s'engage pour la préservation de son environnement et qui utilise du papier fabriqué à partir de bois provenant de forêts gérées de manière responsable.

KUROKAWA - 12, avenue d'Italie
75627 Paris Cedex 13

Dépôt légal : octobre 2019
Imprimé en France par Aubin Imprimeur

KUROKAWA
www.kurokawa.fr